阿佐田哲也はこう読め！

北上次郎

田畑書店

目次

阿佐田哲也はこう読め！

装画　水谷嘉孝
装幀　田畑書店デザイン室

第一章　『麻雀放浪記』はこう読め！

生き方としての「麻雀放浪記」——「青春篇」「風雲篇」

「負けることが面白い」

阿佐田哲也の出世作にして麻雀小説という分野に金字塔を建てた『麻雀放浪記』は、昭和四十四年一月、「週刊大衆」で連載が始まった。まず「青春篇」が同年六月まで。半年おいて昭和四十五年一月から六月までが「風雲篇」。翌昭和四十六年一月から六月が「激闘篇」で、また翌年の昭和四十七年一月から六月が「番外篇」というふうに、毎年、前半の半年が連載、九月に単行本化されるというサイクルが四年間続いている。

『ギャンブル人生論』によると、麻雀小説の企画を思いついた編集者は当初既成作家を候補にしていたが、近藤啓太郎氏に断られ、そのピンチヒッターとして作者が指名されたという。この出世作連載中のことを、色川武大名義の長編『小説 阿佐田哲也』で、著者は次のように書いている。

……残りの二日でなぐり書きをする。筋もなんにも定まっていない。もっとも評判のよかった第一作も、前半はいいかげんなことをその週の即興で書きつらねた。後半、出目徳という人物を出すにおよんで、なんとか恰好がついた。

この『小説 阿佐田哲也』は虚実入り混じった小説なので、ここに書かれていることが事実であると断定は出来ないが、「もっともそういう即興だからこそ、身体の本音がどこかに出ているといえなくもない」（前掲書）ことは考えられる。では、その阿佐田哲也の身体の本音とは何か。

『麻雀放浪記・青春篇』の冒頭は、チンチロリンの場面である。昭和二十年の秋、東京が焼け野原となった上野。あっという間に負けて最後の金を出す上州虎の「これがとられたら、俺ァ飢え死だ。面白えね！　博打はこれだから面白え」という威勢のいい台詞から幕を開ける。負けることが面白いという論理は、この長編の底を一本の芯として貫いている鍵だ。主人公の坊や哲が出目徳とコンビを組み、イカサマ天和で関東の雀荘を荒らしまわる件《くだり》で「勝つことが決まっている博打なんか、なんの値打ちもあるもんか」と思う場面を、ここに並べればもっとわかりやすくなる。勝つことが決まっている博打は退屈で、負けるから面白いというのは、どういうことか。

坊や哲に最初にイカサマ技を教えるオックスクラブのママは、金を持っている素人を喰いつぶすことを教えるが、たしかにそのほうが博打打ちとしては楽な選択だろう。本当のプロはそうやって金儲けに徹している、とママは言う。ところが主人公の坊や哲は、

「俺は強い奴とやりたいんだ。俺ァ狩人さ。自分より強い獲物と力一杯たたかって、それで生きていくんだ。弱い奴とやっても気が入らない。素人をカモにして稼ぐんなら、もっと世間の表街道に効率のいい商売がたくさ

んあるだろうからな」　　　　　　　　　　（第二部「風雲篇」）

と反発する。つまり、彼らは職業としての博打打ちではない。生き方として選んでいるのである。

その生き方が、イカサマ技の駆使に徹底すること、というのは面白い。「つまり彼等は博打打ちというより魔術師であって、客の眼をごまかすことを自分の使命のように心得ていた」（第一部「青春篇」）。それが、上州虎や出目徳たち、戦前派の博打打ちが選んだ生き方である。ドサ健や坊や哲は、上州虎や出目徳より若い世代で、戦前派の博打打ちではないが、同じように職業ではなく魔術師たらんとする。

彼らの目標は誰にも負けない技術の習得である。自分の技術を磨き、同じように技術を持っている相手と死闘を繰りひろげること。それが彼らの夢だ。技術がまず先行するのである。この「青春篇」で、坊や哲とドサ健が、ただひたすら出目徳を倒すことに闘志を燃やすのは、出目徳の技術が彼らを圧倒していたからだ。

勝ち負けよりも〝ディテール〟が大事

坊や哲が初めて出目徳と出会う場面を想起されたい。坊や哲は自分の配牌を見てゲンロク積みに気付き、それから対面《トイメン》の男に注目する。それが出目徳であった。人間ドラマが先にあるのではない。先にあるのはまず技術だ。技術への敬意だ。それを魔術への甘い誘い、と言ってもいい。

配牌から相手への注目というこの視線の流れは『麻雀放浪記』だけではない。自分の配牌におやっと思って、それを仕込んだ男に気付く、というパターンは阿佐田哲也の他の作品にも多い。実はこの視線の流れは、阿佐田哲也の作品を理解するための最大のキーポイントである。

少し説明する。阿佐田哲也の物語に登場する主人公にとっては、対局者がどういう人物か、その生い立ちや個々のドラマはどうでもいい。所持している金の額すら問わないこともある。勝敗も、実はどうでもいい。勝つこともあれば負けることもある。トータルで勝ち残ればいいのだ。では何が問題なのか。

それは博打の過程のディテールである。阿佐田哲也の独創は、そのディテールを心理戦に置いたことだろう。博打はお互いの心理の読み比べだ、という考えである。博打はイメージの闘いであるというこの独創こそが、阿佐田哲也の小説を類似作品から分ける一本の線なのである。

卓を囲む人物を、作者がほとんど紹介しないことにも注意。着ている洋服や体の特徴でいつも符号のように名付けるだけだ。そのために読者には主人公が闘うことになる相手の予備知識がまったくない。その段階では対局者は記号として読者の前にいるだけである。主人公が配牌の異常さに気付いて、おやっと目を上げると、初めて対局者にスポットライトが当たり出す。どうして対面の男はこんな積み込みをしたのか、その理由はどこにあるのか、主人公の頭がいそがしく回転し始める。すると、それまで記号にすぎなかった対面の男がむくむくと立ち上がってくる。最初に特定の顔を持った人間がいるのではなく、常に博打のディテールから入っていく阿佐田哲也の特徴がここにある。

阿佐田哲也の主人公がいつも、相手の打つ手からその心理を推理して、それに対抗する手段を探していくパターンを取ることに留意すれば、阿佐田哲也の小説が博打を題材にした心理小説であることも見えてくる。配牌から相手への視線の流れ、が意味するのは、そういうことに他ならない。

　そしてこのパターンの底にあるのも技術への渇望である。出目徳に負けたドサ健からまゆみを買う女衒の達が、彼女を女郎屋に売らずに預かるのも、出目徳とドサ健の技術の闘いに対する敬意だろう。

「青春篇」におけるこの件がロマンチックすぎるとの評もあるようだが、ドサ健が出目徳に闘志を燃やして一人天和を模索する件をそこに並べれば、「青春篇」が魔術師たちの闘いの物語であることがわかる。

「青春篇」クライマックスの卓上の決戦が仕込み技の勝負であることにも注意。大四喜十枚爆弾の炸裂で幕が開き、ドサ健の天和と坊や哲の人和が同時に炸裂する凄絶な闘い。ここには、勝てない奴には近寄るなという商売人の姑息な知恵を越えたものがある。自分の技術で強い相手を倒したいという強烈な希求。彼らにとって、喰うか喰われるかというのはそういうことなのである。

　この「青春篇」のラストは凄絶だ。九連宝燈をつもった出目徳の死体を横に置いて、彼らはなんと三人麻雀を続ける。死骸を泥溝に捨てたあと、「いい勝負だったな、おっさん」と言うドサ健も、「もうあんな博打は二度とできねえかもしれねえ」と言う達も、そして彼らに友情を感じる坊や哲も、そのとき共通の感情に捉えられている。それを充実感と言ってもいいし、燃焼することの至福と言ってもいい。『麻雀放浪記・青春篇』は、そうやってくたばるまで闘う男たちの物語である。

ギャンブル小説はピカレスクだ！

フレデリック・モンテサーは、『悪者の文学』（畠中康男訳／南雲堂、一九七八年）のなかで、ピカレスク物語の基準として次の六点を挙げている。

①主人公は貧しい状態にある若い人物で、財産や職業を持たない人間であること。

②主人公の活動は最小限の犯罪行為に限定し、無意味な暴力や殺人を犯さないこと。

③主人公が社会批判を意識していること。
④ヒロインは肉体的快楽を覚えても決して淫乱な性質ではないこと。
⑤生き残るという基本的問題を論議するくだりがあること。
⑥主人公が法や秩序の側に立たないこと。

ギャンブル小説はピカレスクだ、と私は考えているが、その前に日本のギャンブル小説は意外に数少ないことを指摘しておいたほうがいいだろう。

競馬小説なら芥川賞候補作の大森光章《こうしょう》「名門」、直木賞受賞作の新橋遊吉『八百長』、そして阿部牧郎《まきお》『菊花賞を撃て』『天皇賞への走路』、海渡《かいと》英祐《えいすけ》『無印の本命』、石川喬司《たかし》『競馬聖書』、ミステリーまで拡げれば三好徹『円形の賭け』、佐野洋『直線大外強襲』と決して少なくない。麻雀小説も五味康祐『麻雀一刀斎』『雨の日の二筒《リャンピン》』、ミステリーで藤村正太『大三元殺人事件』とあり、他の種目も競輪小説は寺内大吉『競輪上人随聞記』、能《の》島廉《しまれん》「競輪必勝法」、競艇小説は富島健夫『女とギャンブル』、手ホンビキ小説は石原慎太郎「乾いた花」、青山光二『札師』とある。この他にも久生十蘭のルーレット小説「黒い手帳」、さらにはパチンコ、カードなどを素材にした小説がないわけではない。
これらの小説をすべてギャンブル小説とくくれば、その数は少なくないが、しかしそれらは競馬小説であり麻雀小説であり、カジノ小説である。ギャンブル小説ではない。どう違うのか。

これらの種目小説におけるギャンブルは小説の素材なのである。たとえば新橋遊吉や阿部牧郎の競馬小説は、競馬と向き合った人間のドラマを描くことに眼目がある。小説の焦点が競馬そのものにあるわけではない。その意味では、競馬を背景にした青春小説、あるいは風俗小説と言っていい。

青山光二の『札師』も手ホンビキがメインに展開するが、その手ホンビキは物語の素材にすぎない。したがってこれは手ホンビキ小説というよりも任侠小説というべきだろう。手ホンビキを素材にした任侠小説である。

というように、これらの競馬小説や麻雀小説、その他の種目小説の大半はギャンブル小説の衣装をつけてはいても、その実態はギャンブルを背景や素材にした他の小説なのである（五味康祐の麻雀小説は判断に困るところで、ギャンブルを単に素材にしていないようにも思われるが、そのディテールをあまり書かなかった作家なのでわかりにくい)。

では、競馬や麻雀が物語の背景あるいは素材ではない小説とは何か。つまり、これらの小説に対峙するギャンブル小説とは何か、ということになる。

前記の〈競馬小説〉〈麻雀小説〉と、ここでいう〈ギャンブル小説〉との違いは、作品に登場するギャンブルの種目が限定されるかどうか、という一点だ。新橋遊吉や阿部牧郎の競馬小説を始めとする前記の作品群に登場する主人公たちは不思議に他のギャンブルに興味を示さない。競馬小説の主人公は競馬ひと筋であるし、麻雀小説の主人公は麻雀ひと筋である。競馬や麻雀などのギャンブルに取り憑かれた男であるなら、他のギャンブル種目にもついふらふらと吸い寄せられてもおかしくないが、この男たちはまったくと言っていいほど他の種目には興味を示さない。その意味では正しい競馬小説であるし、正しい麻雀小説である。

それに比べて〈ギャンブル小説〉の主人公は、その作品が麻雀や競馬を主に描いていても必ず他の種目が登場して、ふらふらと何にでも手を出してしまうことが多い。こちらは賭けることに情熱を燃やす男たちだ。時には命さえ引換えにしてしまう男たちである。

種目は競馬や麻雀でなくてもいい。時には車のナンバー当てでもいいし、ジャンケンだっていい。つまりその場合、競馬や麻雀はたまたま主に描いているだけで、ギャンブルに取り憑かれた男の実態こそがテーマなのである。

この手のタイプの小説は日本に意外に少ない。競馬小説や麻雀小説はあっても、ギャンブル小説は少ないのである。それは競馬や麻雀が大衆レジャーになっても、依然として〈ギャンブル〉が市民権を得にくいという日本の風土事情が背景にあるのかもしれない。

ギャンブル小説はピカレスク物語だ、と考えている私にはその点が物足りない。素材としてのギャンブルを愉しみたい、との気持もないわけではないので、前記の競馬小説からカジノ小説までそれなりに愉しむことは出来る。だが、せっかくピカレスクと酷似した構造を持つジャンルなのだから、もっと徹底してほしいとの思いがあるのだ。

酷似しているとは何か。

財産もなく貧しい若者がただ才覚だけで生き延びていく。法を守るより自分が生き残るほうが大切だから次々に悪事を働く。彼は本質的には権威や体制に反発するアウトローだ――これが読者に痛快感と共感を与えるピカレスクの構造である。このピカロの才覚をギャンブルの才覚に変えるだけで、ギャンブル小説はピカレスクに結びつく。本来のギャンブル小説は、そういうふうに構造的にピカレスク物語にかぎりなく近い。

ところが、モンテサーが挙げたピカレスクの基準のうち、通常の〈競馬小説や麻雀小説〉は③と⑤を満たさないことが多いのである。主人公が貧しい無名の若者で、無意味な暴力は犯さずに、法と秩序の側に決して立たない、という三条件は満たす場合が多いにしても（ヒロインの設定は作品によって異なるが）、③と⑤、つまり社会批判を意識していることと生き残るという基本的問題の論議、この二条件を満たすケースは、通常の〈競馬小説や麻雀小説〉の場合少ないのである。

これが種目に限定されないギャンブル小説となると、なぜ主人公がついふらふらとあらゆるギャンブルに吸い寄せられていくのか、という問題を避けて通ることが出来なくなる。種目が限定されていれば趣味の範疇にすることも可能だが、もはやそういう段階ではない。なぜ正業につかず、ふらふらと博打に手を出すのか。そこで得られる充実感とは何か。そういう賭ける行為の意味を自らが問わなければならなくなる。

となると、表の社会で得られない充実感の問題に近づくこともあるだろうし、その道を選んだ自分の生き方を自問自答しなければならなくなることもあるだろう。で、結果的に③と⑤を満たすことになる。かくて日本のギャンブル小説はピカレスク物語として成立する。論理的にはそうなる。

しかし日本において、そういうギャンブル小説を実際に書いたのは残念ながら阿佐田哲也だけだ（例外的に塩崎利雄『極道記者』という長編があるが）。いや、他の競馬小説・麻雀小説もピカレスクにかぎりなく接近しているが、阿佐田哲也の作品が構造的にいちばん近い、ということか。

「風雲篇」に見る博打論

阿佐田哲也の小説がピカレスクであることは、『麻雀放浪記』第一部「青春篇」だけでは実は見えにくい。この「青春篇」の中に、全体がピカレスクであること、麻雀や手ホンビキなどの博打はイメージの闘いであること、したがって心理小説の側面を持つことなど、阿佐田哲也の本質がすべて現れているが、登場人物の造形が群を抜いていて、ストーリーが波瀾万丈だからその緊迫感みなぎる表層につい目を奪われて、その本質を見失いがちになる。あまりにも面白すぎるのだ。

しかし第二部「風雲篇」になると、阿佐田哲也のピカレスクはもっと明確な輪郭を持ち始める。「新鮮だったのは第一作だけで、あとは余光だった」と『小説 阿佐田哲也』には書いているが、これは額面通りには受け取れない。第二部「風雲篇」もなかなか読ませる。

まず主人公の坊や哲がヒロポン中毒となっていきなり登場するのが目を引く。

この世界に入った頃は自分流の誇りがあった。私は自分のためにしか博打を打たなかった。筋者であろうと市民であろうと組織にすがって生きている者とは没交渉の一匹狼で、自分以外はすべて敵であり、話し合いで味方を作るようなことはしなかった。それが本当の博打打ちだと思っていた。

この「風雲篇」は、坊や哲の関西武者修行篇だが、こういう博打論が随所で展開される。関西で初めてブウ麻雀を知り、身ぐるみ剝がれた雀荘にまた向かう坊や哲が、あるバイニンの言葉を思い出す場面。そのバイニンは「玄人同士が打ち合うなんて阿呆らしいことさ。名誉を賭けて打つわけじゃなし、博打てえものは弱い奴から確実に勝っていくものだ。素人を狙え、弱いところを潰していけ、それが本当の玄人というものだ」と言う。

オックスクラブのママの言葉をここに重ね合わせると、これが作者の強調であることが見えてくる。玄人麻雀で勝つには気力、体力、知恵が必要で、体中の力が要求される。おまけに、そうして勝ったところでどうなるものでもない。だから玄人同士で闘うのは無意味だ――という彼らの意見はたしかに正当であるだろう。

だが、なぜ作者はそういう意見を繰り返し登場させるのか。

この強調は、第一部「青春篇」における凄絶な闘いの再確認である。なぜ出目徳やドサ健、坊や哲の玄人同士がくたばるまで闘ったのかということの意味を、読者に確認させるための強調である。デンスケ賭博のサクラ役になる坊や哲が「これは闘いではない。ごまかしだ」と反発する場面を想起すればいい。

罪の問題ではない。金を巻き上げることにうしろめたさがあるわけではない。坊や哲は思う。「こっちの充実感の問題なんだ」。もうひとつ、やくざが仕切っている場に進出することをためらうタンクロウに「縄張りの中で餌を待ってるんじゃや、動物園の熊じゃねえか」と言い放つ坊や哲の言葉をここに重ねてもいい。

自分より強い奴を相手にして、くたばるまで闘うことが充実感を与えてくれる、という主人公の生き方がここにある。オックスクラブのママやバイニンの言葉は、そのことを再確認するための作者の強調だろう。

「風雲篇」における博打論の頻出は、彼がいかにして生き残るかという基本的問題の論議に他ならない。

ストーリー的には、坊や哲の関西放浪だが、この第二部の意味はかくて理解される（モンテサーが挙げた基準のうち、③社会批判の意識は第三部まで待たなくてはならない）。

「風雲篇」において、家からカミさんまで仲間に取られた〈ぎっちょ〉が、今日からは何をしようと俺の勝手だ、くたばったところで元っこだ、と思う件が最後に残される。この〈ぎっちょ〉をかわいそうだと言うドテ子に、下着まで身ぐるみ剝いだクソ丸が「裸になるまでやった奴を、勝負の相手として認めてるんじゃや。これを返したら、儂が奴に同情し、軽蔑したことになる」と言う場面がそのあとにある。

負けても懲りない男、楽天的な博打打ちというパターンはこの〈ぎっちょ〉以降も阿佐田哲也の小説に頻繁に登場する。そして例外なく作者の優しい眼差しとともに描かれる。実は、〈ぎっちょ〉は死ぬまで闘った出目徳である。スケールは小さいが、強い奴と闘ってくたばった出目徳である。博打いちがいに生きた男の典型として、まず出目徳がいるのだ。作者の目が〈ぎっちょ〉に優しいのも、そういう闘う者に対する敬意だろう。そうして、くたばったところで元っこなのだ、という強いひびきが耳から離れなくなる。

『麻雀放浪記』は、体中の力を振り絞ってくたばるまで自分より強い奴と闘った男たちの物語である。あるいは、そういう闘いが存在した時代への挽歌である。

「青春篇」「風雲篇」に続いて、第三部「激闘篇」を読めば、この構造はより明らかになるだろう。

〝苛立ち〟と〝優しさ〟――「激闘篇」「番外篇」

時代は変わる

『麻雀放浪記』の第三部にあたる「激闘篇」が異彩を放つのは、全編を苛立ちが占めているからだ。この苛立ちはいったい何か。

喰いはぐれた坊や哲が組織から金を借りて打ちに行く場面から、この「激闘篇」の幕は開く。鍵は、取立て人の勇さんである。鎌田や安などのモダンボーイ（戦後派の麻雀打ちで、出目徳やドサ健やクソ丸やタンクロウなどとは違ったタイプとして比較される）も登場するが、すべての問題は戦後派の代表である勇さんに収斂される。この男、坊や哲に金を貸すが、どう転んでも損はしないようになっている。そこが戦後派たる所以だろう。そして時代は彼らを主役にした。坊や哲とドサ健は脇役にまわらざるを得ない。

「奴等は博打を打ってるんじゃない。つまり、商売をしてるんだ」との坊や哲の認識は正しく、「俺たちはそんな真似はしねえぞ。俺たちは、無法者じゃなけりゃできないようなもっと手荒いことをやってやる」という彼の怒りが正当であっても、しょせんは脇役の繰り言にすぎない。

坊や哲の怒りは彼一人のものではなく、「麻雀打ちも変わったなァ、近頃は、弱い奴を見つけちゃァ楽に勝って稼ごうという連中が増えてきた。奴等ァ自分の腕をかくしてな、幇間みてえに客をおだてながら、いくらかの小遣いにありついてるんだ。俺にゃァそんなうすみっともない真似はできねえや」と、再会したドサ健が言うように、古いタイプの博打打ちに共通する怒りでもある。

「出目徳のおっさんみてえに命まで賭けてしまう馬鹿はもう居ねえ。この頃の奴等の賭けるのは単なる小遣銭だ。あんなものは博打じゃねえ、閑つぶしさ」という健の嘆きは、出目徳や坊や哲、「青春篇」や「風雲篇」に登場した博打打ちの嘆きだが、しかし現実は彼らのほうが時代遅れであることを指し示している。

何が変わってしまったのか。

「激闘篇」の冒頭に、「世間は、すでにバラック小屋の時代から本建築の時代に移っていた」とあることに留意。ここに料理屋の仲居が枕探しに忍んでくる挿話を重ねればいい。坊や哲は今でも風呂に入らず、異臭ふんぷんたる恰好で「獅子のように道ばたに寝、獅子のように他人を喰い殺そうとして」いるが、そういう動乱期は終わり、人々は自分たちの家庭や職場を「本建築で囲んでしまった」のである。

再会した中学の同級生から「君はくさい」と言われる場面で、何年か前までは誰もそんなことは気にしなかったのに、と思う件もある。獣のように生きて、獣のようにくたばっていく。裸の人間同士が喰うか喰われるかの闘いをしていた時代は終わり、名刺や肩書のほうが大きくなってしまった時代が到来したのだ。麻雀はもはや特殊な男たちの遊びではなく、一般化されたゲームになり、「勤め人たちは皆、同僚や仕事上の友人とやっている。どこの馬の骨かわからない奴は、誰も相手にしてくれない。いくら腕がよくたって、相手が居なくちゃ無し目も同じ。飯の食いあげである」。つまり、動乱期が終わり、管理社会が到来したのである。主役が交代せざるを得ないのも当然だろう。

圧巻は、坊や哲が朝の通勤電車に乗る場面。彼は乗客に最初から喧嘩ごしである。足を踏んで知らん顔している若い女性に怒って髪の毛を引っ張り、男の乗客が押してくると殴りつけていく。自らの凶暴な感情をかきたてるように坊や哲は突っかかっていく。

坊や哲やドサ健は、そういう時代の変化から取り残されて、もう入り込む隙間がない。「無法者とは、世間の慣習よりも、自分独自の道徳を重んずる男のことだ」という考え自体が古くさくなってしまったのだ。「激闘篇」全編を支配する苛立ちは、そのギャップに他ならない。

出目徳の息子が登場することにも注意。坊や哲は「麻雀打ちが麻雀だけをやってればいいというご時世は、あの戦後の動乱期がおさまるとともに消え去っていったのかもしれない」と考えて会社勤めをするが、それは組織の一員になるのではなく、自分も同僚や仕事関係を持ってその組織を喰いつぶそうという彼なりの決意である。

しかしやはり鬱屈の日々に変わりはない。そんな時に出目徳の息子と出会う。途端に生き生きとする坊や哲の変化を見よ。「寝ないとくたばるぞ」と言われても「ああ、くたばっていいよ。出目徳のおっさんみてえに俺も死にてえんだ」と言うのだ。

こうも言う。「親父の出目徳なんぞはありゃァ人間じゃねえ。百獣の王だった。あれを見りゃァ、博打って奴が、綺麗も汚いもない。本当の総力戦だってことがわかるよ」

そういう総力戦がもう闘えないことの苛立ちに坊や哲は捉えられている。出目徳の息子は動乱期の幻影である。

諦観に転化する苛立ち

もっとも、ドサ健はそういう時代に生き残る方法を模索し始め、金なしの坊や哲をたたき出すから面白い。阿佐田哲也の小説における登場人物は、獣同士の闘いを信じるロマンチストだからといって、連帯するわけではない。そういいう甘さが微塵もないことこそ、特徴である。彼ら同士もまた騙しあって闘っているのである。

かくて八方ふさがりの坊や哲は、暮らしにくけりゃ、暮らさなければいいんだ、と笑いだすしかなくなってしまう。苛立ちが諦観に転化するのはこの瞬間だ。くたばったところで元っこだ、という太さに最後はたどりつくのである。坊や哲はこの瞬間、「風雲篇」で身ぐるみ剝がれた楽天的な博打打ち〈ぎっちょ〉に転化する。〈ぎっちょ〉のオプチミズムは諦観に裏打ちされていたことを読者はここで知ることになる。

この苦渋に満ちた「激闘篇」は、上野の地下道で浮浪者となったチン六と再会する場面で幕を閉じる。「青春篇」でドサ健に喰いつぶされたチン六である。ドサ健と坊や哲の違いをあらわす挿話に登場した男として記憶に残っているだろう。健はとことん相手を喰いつぶすが、坊や哲は種をまいて育ててから喰う、という違いを象徴した男だ。

親切心や同情からではなく、種をまいたつもりで渡した小金をチン六は覚えていて、空腹で文なしで行き場がない坊や哲に三千円を手渡してくれる。なあに結局は巻き上げるんだからな、とチン六は彼らの仲間とのチンチロリンに坊や哲を誘ってくる。

このあとがいい。浮浪者たちの賭金は小さいが、坊や哲は膝前に金がたまっても夢中になって席を立つことが出来ない。博打が金額の大小ではなく、勝ち負けでもなく、他の何かであることがここから見えてくる。

「客を取り巻いて機嫌をとりチビチビと巻きあげようとするこのところのバイニン麻雀にくらべたら、この方がずっとストレートで本格の博打らしい」という坊や哲の述懐で「激闘篇」は幕を閉じるが、この至福のラストは印象深い。

『麻雀放浪記』の出自

この『麻雀放浪記』が発表当時、どれだけの反響を呼んだのかを伝える面白い挿話がある。銀座の麻雀クラブで筋者に代打ちを頼まれた学生雀士の回想が、「月刊　近代麻雀」昭和五十二年八月臨時増刊号に載っている。彼がハネ満を打ち込んでおそるおそるふりかえっても筋者はある雑誌を喰い入るように読みふけって返事もしない。その時、こわもての筋者が熱心に読みふけっていたのが、当時雑誌に連載されていた『麻雀放浪記』だったというのである。

出来すぎた話のようだが、筋者を熱中させたのは現場の緊張感が見事に再現されていたからだと、その回顧譚の著者は記している。その筋者だけでなく、カタギだったら絶対に知らないはずのイカサマの手口がふんだんに出てくることに当時驚いた博打打ちは事実多かったらしい。

しかし、麻雀読み物は阿佐田哲也の独創ではないことも書いておいたほうがいいだろう。『麻雀放浪記』の数年前に、五味康祐の『五味のマージャン教室』があり、ここで初めて牌活字が使用され、文章に臨場感が持ち込まれたという事実がある。阿佐田哲也自身も「一刀斎の麻雀」（『ギャンブル人生論』所収）というエッセイの中で次のように書いている。

世間では麻雀小説を私が工夫したもののようにいう向きもあるらしいが、これはまったく不正確で、こうした領域は全部五味さんが切り開いたものなのである。

もうひとつ、告白まがいになるが、五味さんのデビュウ作「喪神」からも大変に影響を受けている。（略）どこがどう影響されているかと具体的にはいえないが、この小説のことがいつも頭から離れなかった。五味マージャン教室↓喪神、この系譜のおかげで、私はどうやら今日の飯にありついているわけである。

五味康祐『喪神』は、剣客のもとに弟子入りした若者が極意を摑んで師を切るまでの修行を描いた作品で、吉川英治の修養主義に決然と反旗を翻した五味康祐らしい切れ味のいい短編小説である。出目徳に対するドサ健たちの闘志と騙しあいの構図は、たしかに『喪神』に通じるものがある。

だが、牌活字の使用による現場の緊張感の再現は五味康祐の独創であっても、その魅力的な物語化は阿佐田哲也の独創である。前記のエッセイで、阿佐田哲也が〈五味マージャン教室↓喪神〉の系譜を先駆的なものに書いているのは先輩作家に対する礼儀として受け取ったほうがいいだろう。

モデル問題についても触れておく。

『麻雀放浪記』は著者の半自伝的小説である。坊や哲の略歴は、著者の略歴と重なり合うところが多く、明らかに自分をモデルにしているが、そのまま著者ではないように、登場人物にも特定のモデルはいないらしい。このことについては「麻雀放浪記のモデルたち」（『ギャンブル人生論』所収）というエッセイで著者が書いている。

本当のことをいうと、私の麻雀小説の主人公たちは、そっくり実在とはいいがたいのである。まるっきりの嘘っぱちでもない。沸騰していた時代の産物のような、さまざまな人間と接触したことが材料にはなっているが、そのままの形ででていることはほとんどない。博打の世界という奴は、ありのままに書いていたのでは、小汚くて、みみっちくて、読物にもなんにもなりはしない。

ドサ健や上州虎は当時の博打打ちの典型として描いたというのである。ただ、まるっきりの嘘っぱちでないことは、出目徳、女衒の達、ガン牌の名手清水など、特定の人物を頭に置いて描いた幾人かの登場人物があることからもうかがえる。

出目徳は短編「天和の職人」の大柴久作のモデルと同じ人物を頭に置いて創造したというし、女衒の達とガン牌の名手清水については、前記の「近代麻雀臨時増刊号」で、モデルである人物が作者を囲む座談会に登場している（この座談会に登場しているもう一人のモデルが、短編「捕鯨船の男」を始めとして阿佐田哲也の作品に度々出てくる坊や哲の相棒ダンチで、こちらは実在のモデル。エピソードも事実に近いというが、これに関しては第四章に書く）。

二度と書かれない奇跡的な傑作

『麻雀放浪記』は「青春篇」「風雲篇」「激闘篇」と三部構成である。「青春篇」で動乱期の猥雑なエネルギーが充満する幸福と獣たちの凄絶な闘いを描き、「風雲篇」でよれよれになりながらも博打の新天地・関西でしのぐ姿を描き、「激闘篇」で時代の変化に対する苛立ちとそれでも博打をやめない決意（ラストの至福はそういうことだ）を描いたこの長編は、獣となって生きることを教える無法者の書だ。

前項で、ギャンブル小説は日本のピカレスクであると書いたが、そのピカレスク物語の基準を上げたモンテサーの六つの条件のうち、社会批判の意識という項目だけがまだ満たされなかった。管理社会の到来、という時代の変化に対する「激闘篇」の苛立ちに、そのモンテサーの基準③社会批判の意識を見ることが可能であるならば、『麻雀放浪記』はここに日本に類稀なピカレスクとして成立する。「青春篇」で、⑥法や秩序の側に立たず、しかし②行動は最小限の犯罪行為に限定して無意味な殺人や暴力は抑え、①財産も職業もなく、貧しく無名な若者を主人公にし、「風雲篇」で⑤生き残るという基本的問題を論議し、「激闘篇」で③社会批判を意識する、というように見ることも出来るだろう。④のヒロインの条件は「青春篇」「風雲篇」に登場するオックスクラブのママの描写で充分だ。

第四部にあたる「番外篇」は、文字通り番外である。この主人公・李青年は『ああ勝負師』第二十八話「雀ゴロ志願」に登場する李と同一人物なのかどうかわからないが、これは若き日のドサ健に他ならない。

強い奴とやりたい、という願いだけで北九州から上京し、健と卓を囲むと「面白かー!・」「東京ば来てからはじめて、偉か麻雀打ちを知っぞォ」と喜ぶ李は、「俺は、俺より弱か奴とは打ちとうなか」とも言う男で、これはそのまま「博打を知った人間を相手にして、喰い殺していきてえよ」と言ったドサ健ではないか。なぜ、この李が「番外篇」の主人公として必要なのか。

「番外篇」の舞台背景は昭和三十年頃である。「激闘篇」の数年後だ。「激闘篇」の段階で博打打ちはすでに生き辛くなっている。ドサ健はこの「番外篇」で李に誘われても「俺はバイ公だ、麻雀で喰ってるんだ。ブヨブヨのカモと居眠りしながら打っていたほうがいいよ。芯が疲れるだけの麻雀はおことわりさ」と言うまでに変わっている。坊や哲にしても会社勤めを始めていて、健に「月給取りは面白えか」と言われ「もう面白え生き方をする力がなくなったんだ」と答えるほどの変わりようだ。ドサ健も坊や哲も、すでに昔日の博打打ちではないのである(この「番外篇」では、坊や哲は李を見るだけで、獣になれない劣等感を感じる、との設定になっている)。

李青年は、そういうドサ健や坊や哲に、もう一度獣になって生きることを教える使者だ。かくて、ドサ健と坊や哲はふたたび李青年に引きずられるようにして修羅場に帰っていく。

しかし、これが文字通り番外篇であるのは繰り返しが多いことだろう。ドサ健が筋者と卓を囲む場面。相手は卓の下で牌を交換して健を翻弄する。もはやそこには出目徳が披露した魔術はない。暴力があるだけだ。戦後派のバイニンたちが麻雀を暴力的なカツ上げに変えてしまった例だが、これは「激闘篇」で坊や哲が筋者と卓を囲む場面の繰り返しである。

さらに坊や哲が勤め始めた会社（このエピソード自体が繰り返しだ）に刑事から電話がきたり、昔の博打仲間ドサ健が訪ねてきて、同僚が緊張する場面も、「激闘篇」の繰り返しである。「激闘篇」では訪ねてきたのがステテコだったが、それがドサ健に変わるだけ。

このように「番外篇」にはこれまでと重複するエピソードが多い（余談だが、「激闘篇」でステテコが坊や哲の会社を訪ねてくる場面はおかしい。坊や哲は六日間昼夜連続の助っ人を依頼されるのだが、昼間の勤めがあると渋る坊や哲にステテコは「会社じゃ寝られねえのか」と言うのである。無法者たちの実感がよくあらわれている台詞だろう)。

おそらくあまりの好評のために版元側が連載の延長を申し入れたのだと推測されるが、『麻雀放浪記』はプロットの展開から見れば、「激闘篇」で事実上終わっている物語なのである。そのための苦しい面が見える。

ただ、「番外篇」の後半、上野の雀荘が舞台になり、森サブが登場するあたりから不思議な雰囲気が漂い始める。獣同士の闘いのニュアンスは消え、奇妙な優しさが支配し始める。あるいはここに後年の作品の萌芽を見ることも可能かもしれない。

この「番外篇」の意味は、『麻雀放浪記』が坊や哲を主人公にしながら、陰の主役が実はドサ健であることを教えてくれることだ。坊や哲がしばしばドサ健を思い出す場面を想起されたい。「風雲篇」では夢の中に登場した健に「お前は、よくやっていけるなあ」「健さん、俺ァ、お前がうらやましいよ」と話しかけるし、「激闘篇」では「私は、しきりにドサ健がなつかしかった。一度として他人と馴染んだことのない、あの性格破産の博打打ちドサ健が、今どンな顔をして暮らしているだろうか」と思い出すし、目の前にいない彼に語りかける場面が頻出する。

「激闘篇」のラストでは、生き残るために麻雀無尽というセコイ方式を考えたドサ健に「世間の人は、暮らしていくことで勲章を貰うが、俺たちは違う。俺たちの値うちは、どのくらいすばらしい博打を打ったかできまるんだ。だからお前も、ケチな客をお守りして細く長く生活費を稼ごうなんてことやめちまえよ」と胸の中で話しかける。

坊や哲がこうして常に健を意識しているのは、ドサ健が獣のように生きる博打打ちの理想だからだ。ドサ健が登場しない「風雲篇」にいちばん回想場面が多いのも、その道筋を示唆しているように思われる。

この『麻雀放浪記』の十年後に、坊や哲が『新麻雀放浪記』で、ドサ健が『ドサ健ばくち地獄』で、それぞれ蘇るものの、くたばるまで闘ったのは坊や哲ではなくドサ健のほうだった、というところにも、そのことはあらわれているように思う。

私たちはもう二度と『麻雀放浪記』のような物語を持つことはない。麻雀の戦略、戦術がふんだんに登場するが、その凄さもさることながら、これは無法者の書であり、管理された社会に生きるものにとっては痛烈な書だ。このような物語はおそらく二度と書かれない。そのくらい『麻雀放浪記』は他に類を見ない奇跡的な傑作である。

獣になって生きることを教える「無法者の書」

意外な勘違い

すっかり忘れていた。

『麻雀放浪記』を久々に読んで「おやっ」と思ったのである。坊や哲が異様な配牌に気がついて対面の出目徳を見る、という有名なシーンが「青春篇」にあるのだが、これだよこれ、阿佐田哲也の麻雀小説はこれなんだよ、と久々に読んだためもあり、嬉しくなったものの、そのまま読み進んでも類似のシーンがほとんどなかったのだ。もっとあったはずではなかったのか。

「風雲篇」の真ん中あたりに、ぎっちょの北単騎にニッカポッカが第一打で振り込むシーンがある。地和の場面だが、途端に坊や哲の頭が猛烈に回転して、この地和は東家の協力なくしてはあり得ないことに気がつく――というシーンだ。そこにこうある。

私は改めて、東家の顔を見直した。今までまったく無視していた相手である。その男は年齢、三十前後だろうか。地味な背広で、顔つきもおとなしく、どこといって特長がない。めったに口も利かないので、つい、印象に残らない。

出目徳の積み込みに気づく前記のシーンと、この「風雲篇」のシーン。坊や哲がおやっと顔をあげるシーンは二つしかない。もっとあると思っていたのに、極端に少ないのだ。これが意外であった。というのは、過去に私は次のような文章を何度も書いていたからである。少し長くなるが、大事なことなので、ずっと以前に私が書いた阿佐田哲也論から以下の文章を引く。

この長篇で坊や哲が出目徳と会う場面は印象的だ。配牌の異常さに気がついて主人公がおやっと顔を上げる。それが出目徳だった。こういう〔異常な配牌〕→〔おやっと顔を上げて対面の男に注目〕というパターンが阿佐田哲也の小説には多いが、その原型が『麻雀放浪記』の出目徳との出会いなのである。配牌から相手の男への注目、というこの視線の流れは『麻雀放浪記』だけではない。このパターンは阿佐田哲也の作品に多く、それこそが阿佐田哲也を理解する最大のキーポイントだ。

彼の物語に登場する主人公にとって、対局者がどういう人物であるのか、その生い立ちや個々のドラマはどうでもいい。卓を囲む人物を作者がほとんど紹介していないことに注意。着ている衣服や、体の特徴で符号のように名付けられるだけだ。主人公が配牌の異常さに気がついておやっと顔を上げると、初めて対局者にスポットライトが当たりだす。相手がなぜこういう積み込みをしたのか、主人公の頭は猛烈に回転する。で、相手の心理の襞に入り込んでいく。敵の心理がわかれば対応策も生まれてくるからだ。したがって作品も、心理小説の側面を持つ。これこそが阿佐田哲也の麻雀小説の独自性で、いまなお新鮮なのはその構造を持っているからにほかならない。

ようするに、異様な配牌に気がついて、おやっと顔を上げるシーンが多い――ということこそ、私の阿佐田哲也論の要なのである。それなのに、「青春篇」で一箇所、「風雲篇」で一箇所、あわせて二箇所しかないのでは「頻出」とは言えなくなる。困ったなあと思いながら、過去に自分が書いた阿佐田哲也に関する文章を読み返していたら、『雀鬼くずれ』（角川文庫改版、二〇〇八年）の解説に次のような文章があった。

「今回この解説を書くために本書を読み返していたら、なんとそれに類するシーンがないのでびっくり」と書いたあとで、次のように続けている。

数多くの麻雀小説を書いた著者の、比較的初期の作品集なら、無意識の癖というか、隠しても隠しきれない本音のようなものが滲み出ているのが普通であるのに、それが本書に見られないのは納得しがたいが、事実であるなら致し方ない。いまさら訂正するわけにはいかないので、本書は例外であると書いておく。それに、その手のシーンの印象が強いことは事実で、ということは数は少なくても作者がその視線の流れを強調したことにほかならない。だから印象に残っている、ということだろう。阿佐田哲也の他の作品を読んで、前記したシーンが出てきたら、ああ、この場面のことを言っていたんだなと思っていただければいい。

そうか、二〇〇八年の段階では、前記の「異様な配牌に気がついて、おやっと顔を上げるシーン」は意外に少ない、ということに気がついていたということか。それから一年たってまた忘れてしまっていたということだ。

今回また阿佐田哲也の全作品を読み返す予定なので、他の短編群で本当に「頻出」していないかを確認するが、『雀鬼くずれ』の文庫解説で書いているように、たとえそれが少なかったとしても、これだけ強い印象を与えているということは、それを作者が強調していたからにほかならない。したがって、私の阿佐田哲也論は依然として修正せず、そのまま続行としておきたい。

第二章　その後の「ドサ健」と「坊や哲」

驚きの『ドサ健ばくち地獄』

壮絶なコロシ合い

『ドサ健ばくち地獄』（週刊大衆、一九七八年六月〜十二月）は、『麻雀放浪記・番外篇』から数年後のドサ健を描いた長編小説である。これは仲間コロシ小説だ。ようするに、仲間で喰い合い、つぶし合う話である。その凄まじい迫力は他に類を見ない。

もっとも、麻雀やサイコロなどの人間同士が争う博奕（大ざっぱに言うと、競馬やルーレットなど胴元と争う博奕が別にある）は、すべて仲間のコロシ合い、つぶし合いである。

その仲間で争う博奕の本質は『ドサ健ばくち地獄』でも説明されている。すなわち、勝つと次々に上にあがっていく。最初は簡単に敗退できても、勝った者同士の闘いはそういうわけにはいかない。どちらも歯を喰いしばって最後の一兵まで闘うことになる。となると誰もが頑張るから負ければ結果的にもう二度と蘇生できないほどの打撃を受ける——と。つまり、勝つというのは疲労と手傷がお互いに残るもので、大きい勝負はそんな形でしか決着がつかないというのである。

しかし、このことは『麻雀放浪記』ですでに描かれている。阿佐田哲也の作品において、そういう〈仲間のコロシ合い〉がことさら珍しいわけではない。短編にも「死体が三つ靴一つ」（小説現代、七八年十月号）という仲間コロシ合い小説がある。にもかかわらず、この『ドサ健ばくち地獄』が突出しているのはなぜか。

それは、これが密室の闘いであることだ。博打場が筋者の賭場ではなく仲間の部屋に設定されていることに留意。つまり胴元が別にいるわけではない。となると主宰者（これも仲間の一人だ）は廻銭を用意しなければならない。廻銭をまわさないとテラ銭が取れないからだ。

　もともと阿佐田哲也の作品に登場する男たちは金に余裕のある連中ではなく、誰もが尻に火の付く金をかき集めて博打場に駆けつけてくる。金がなくなったら首をくくらなければならないという男たちだ。そういう金を賭けて、仲間で奪い合う。

　しかし、この『ドサ健ばくち地獄』では胴元ですら例外ではない。彼らは仲間うちの勝ち残りを争いながら、廻銭をいかにして喰うか、いかにして廻銭を回収するか、という闘いをしなければならない。まさに蟻地獄の中での壮絶な闘いである。

『ドサ健ばくち地獄』で、葬儀屋がこの仲間うちのレートを東京一高く設定したのは、負けが込んできてもこのレートではよその安いところに行っても意味がなく、辛くてもここに来ざるを得ないからである。あくまで仲間うちで闘おうという意思だ。「でも、犠牲者が出てくるわね」と言う仲間に「ああ、出てくる。コロし合いだ」と葬儀屋が答える通りに、結果として一人ずつ脱落していく。それでも「こんなのは一次予選のメンバーだろう。このうえの勝負があるよ」と健は平然としている。

健だけではない。「今度は誰の番かね」「誰かが負けていく。これは勝負だからな。誰かがコロされないわけにはいかない」という滝と春木もコロし合いは承知しているのだ。彼らはすべて覚悟のうえで闘いを始めていく。

『麻雀放浪記』が玄人同士の凄絶な闘いを活写したわりにロマンの香りあふれる小説であったのに比べ、こちらが覚めた印象を与えるのは、そういう蟻地獄、密室の闘いに徹底しているからに他ならない。

悲壮感に満ちた屈折

もうひとつの特徴は、この『ドサ健ばくち地獄』が、日本で珍しい手ホンビキ小説でもあること。いや、本格的な手ホンビキ小説としては初めてと言っていい。石原慎太郎の短編「乾いた花」や、青山光二の長編『札師』など、これまで手ホンビキが描かれなかったわけではない。しかし、手ホンビキを闘う人間の心理小説として活写したのはこれが初めてだろう。

なぜ手ホンビキなのか。それを解くために阿佐田哲也の博打に関する考え方について、まず触れておく。

阿佐田哲也は『ギャンブル百華』のチンチロリンの項で、博打は認識の遊びだと書いたあと、「ツキというような、理に合わない、つかみどころのないものが相手でも、なんとかして輪郭だけでも見据えていくのである」と続けている。偶発的要素の濃い種目の場合、運がかなりの比重を占めるが、その運の生かしかた、量りかたを考えることが大切で、そこからセオリーも生まれてくる。偶発的要素の薄い種目でも、なぜなのかと常に考えることは大切で、どちらにしても、博打とはそういう認識の遊びだという。勝敗はその結果にすぎない。阿佐田哲也の小説における博打はその認識競争である。だから心理小説になるのだ。

手ホンビキは胴の選んだ数字を当てるというだけのシンプルなものだが、それだけに相手との認識競争がむき出しになる。一、四、一、ときて、次に胴が何を引くか。子方の考える目を胴はいかに外すか。そういうお互いの認識が作り上げるイメージの闘い、そのものである。

麻雀小説でもその阿佐田哲也流のイメージ戦争は描かれているが、麻雀は道具立てが多いぶんだけ、他の要素が入り込んでくるので、その本質が見えにくい。ところが手ホンビキはシンプルなゲームなので、心理の闘いという本質がストーリーの間隙を縫って強く浮上してくる。そういう違いがある。

他の種目にも触れておけば、チンチロリンは賭金の押し引きがポイントなので、認識の遊びではあってもこの心理戦はあまり絡んでこない。競馬も、厩舎の思惑というものがあるかもしれないが、参加するもの同士の心理戦にはならない。

阿佐田哲也唯一の競馬小説『厩舎情報』が成功しなかったのは、競馬という素材が阿佐田哲也に向いていなかったところに原因があるのではないか。とにかく、阿佐田哲也の小説には麻雀を始めとしてあらゆるギャンブルのセオリーが出てきて、それがまた読ませるのだが、心理戦ということなら手ホンビキは恰好の素材なのである。

『ドサ健ばくち地獄』はいきなり手ホンビキの場面から幕を開けるが、最初はルールも説明せず、曖昧にして読者の前に紹介される。ルール解説は除々に提示される。我々の知らない手ホンビキという博打がそのルール紹介とともに、魔力を秘めたものとして迫ってくる。

それにしてもなぜこれほど激しく仲間うちで闘うのだろうか。『麻雀放浪記』を想起すれば、この頃の博打打ちが生き辛かったことが、仲間うちの凄絶なコロし合いの背景にあるのかもしれない。

『麻雀放浪記』の「激闘篇」に、安の抜き技を見破った健に対して「不見転《みずてん》で大きい勝負をしてくれるのは、ひとつ芸を持ったクマ五郎《ばいにん》だけだろう。芸は認めてやろうぜ」と坊や哲が言う場面があるが、そういう時代のさらに数年後である。もはや仲間が喰い合うしかない時代なのだろう。

それでもラスト近くに利之助が「もういいんじゃねえか。俺たち、このへんで手を打とうじゃねえか。（中略）俺たちがぶつかって共喰いするより、予選に混じってたほうがラクだ」と言うのは、このまま行けば誰も勝つ者がいないという事態に気が付いていているからだ。

利之助は出目徳ではない。出目徳の時代は玄人同士が好んで闘ったが、この時代は仕方なく喰い合っているだけで、他に相手がいればそのほうがいいのである。

しかし、博打は強い者を攻めるべきではない、弱い者から順に攻める、大切なのは、その者を自分がいかにして多く喰えるかだ、と途中まで考えていたというのに、最後に健は「俺はやってもいいぜ」と利之助に言い出してしまう。『麻雀放浪記』の「番外篇」で李に挑戦された健が「ブヨブヨのカモと居眠りしながら打っていたほうがいい」と言いながら結局修羅場に戻っていったように、今度も「俺はなんでも、とことんまでやりてえんだ。納得がいくまでなァ。負けてった連中だって皆そうなんだろうよ。この世でひとつくらい、とことんまでやれるものがあっていいんだ。それでなくちゃァ、最初からばくちなんてやるもんか」と博打打ちの意地を見せる。

もっとも利之助も、「もっと楽な相手は、そこらにいくらでもいる。（中略）けれども、自分から退くわけにはいかない。どうしてかわからないけれども、勝負を続けるより他に手がない」と思うのだから、どっちもどっちだ。かくて勝ち残った者同士の壮絶な、最後の闘いが始まっていく。

これは『麻雀放浪記』の出目徳、ドサ健、坊や哲の壮絶な闘いの再現と言ってもいい。

しかし、『麻雀放浪記』の闘いが強い者を倒したいという獣たちの闘争、その雄叫びであったのに比べ（その真っ直ぐな欲望が全開されているからこそ、ロマンの香りが強い）、今度は相手がいなくなったために強い者同士が闘わざるを得ないという悲壮感に満ちている。屈折した闘いなのである。

この長編のラスト、ドサ健は生まれてはじめて、たとえようもない淋しさを感じる。彼が「明日から、何に心を燃やして生きていこうか」と思うラストシーンは、もはやそういう獣の闘いの時代は終わったという嘆きに他ならない。

この『ドサ健ばくち地獄』を最後に、阿佐田哲也の世界から壮絶な闘いの記録は姿を消す。ではこの後阿佐田哲也の作品はどこに向かったのかということについては、『ドサ健ばくち地獄』の登場が衝撃的だったもう一つの理由とともに、次の章で書く。

『ドサ健ばくち地獄』の矛盾

最後に、この『ドサ健ばくち地獄』を読んで疑問を持つ読者もいるかもしれないので書いておく。本文中に「だいいち、この頃はちょうど、赤線廃止の声が世間的にも広まっていて、彼一人の画策ではどうにもならないところに来てしまっていた」「赤線廃止の法案がはたして議会を通過するかどうか、この時点ではまだどちらともいえないふしはあったが」とあることだ。

『ドサ健ばくち地獄』が、昭和三十二年から三十三年にかけての物語であることは本文中に記されている。となると、売春防止法が公布されたのは昭和三十一年であるから、この記述は事実に反する。この時期は、法案が「議会を通過するかどうか」という時期ではなく、すでに公布されたあとなのである。施行が昭和三十三年であるので、あるいは作者が公布と施行をごっちゃにして勘違いしたとも考えられる。

これはそういう推測が成り立つが、しかし賭場で一万円札が飛び交い、登場人物がグリーン車に乗る場面には困った。一万円札の登場は昭和三十三年十二月であり、グリーン車の登場は昭和四十四年である。どちらも、この『ドサ健ばくち地獄』が背景にした昭和三十二年から三十三年にかける時期には存在しない。

処置に困っている時に、阿佐田哲也の短編「海道筋のタッグチーム」を思い出した。これは一卵性双生児の麻雀打ちから挑戦状をもらった「私」が地方都市に赴いて彼らと卓を囲むもので、この中に双生児が国士無双をテンパイしていて、「私」が白をかかえてオリル場面がある。その白を振ると国士のツーランという場面である。ところが、弟が東を筆頭にして、「私」にも東が二枚あるとの設定なので、これでは東が五枚あることになってしまう（国士テンパイの兄にも東があるはずだからだ）。

このことを読者に指摘された阿佐田哲也は、のちに『阿佐田哲也麻雀小説自選集』の後記「朝だ徹夜で、日が暮れて」の中で、「実はお詫びしなければならないことがある。まことにチャランポランな私の小説にふさわしい迂闊なことであるが、本書の中の『海道筋のタッグチーム』という作品に、全くの勘ちがいで現実に不可能なことを記しているのである」と記した。

しかし、直そうとしたものの、どう直しても設定の迫力がうすれてしまう。「あれやこれや、困惑の末、いっそこのまま直さずに載せておいて、後記でお詫びと弁解をしようということになった。私らしいズボラな思いつきであるが、それが同時に麻雀小説というものの楽屋裏をさらけることにもなるかと思ったからである」

この短編を訂正せずに文庫に収録した事情を阿佐田哲也は、このように書いた。この例に比べれば、『ドサ健ばくち地獄』に出てくる売春防止法の記述、一万円札とグリーン車については物語の成立を危うくするものではない。ゆえに、あえてそのままにした次第である。

阿佐田哲也の模索

『ドサ健ばくち地獄』の衝撃

『ドサ健ばくち地獄』を最後に、阿佐田哲也の世界から凄絶な闘いの記録が姿を消したことは前項に書いた。ではそのあと、阿佐田哲也の作品はどこに向かったのか、というのがこの稿の主題である。

その前に、『ドサ健ばくち地獄』の登場が当時衝撃的だったことについて書いておきたい。

『麻雀放浪記・青春篇〜番外篇』（一九六九年〜七二年）を中心に、『牌の魔術師』（六九年）、『天和無宿』（七〇年）、『ギャンブル党狼派』（七三年）という作品集には阿佐田哲也の真骨頂が現れているが、この『ギャンブル党狼派』を最後に阿佐田哲也の世界からヒリヒリする熱さが消えていく、というのが事の始まり（七四年の双葉新書『雀鬼くずれ』は『天和無宿』の改題再刊なので、初期作品の実質的最後は『ギャンブル党狼派』になる）。

七四年刊『小説・麻雀新選組』が最初の兆候だろう。これは〈実名麻雀小説〉と惹句の付いたもので、そのためかエッセイふうな読み物になっている。この趣向は七八年刊『麻雀狂時代』でも繰り返される。ギャンブルのディテールについては相変わらず読ませるものの、そこには初期作品にあった緊迫感はなく、回顧譚となっているのが特徴。

この変化の象徴が『新麻雀放浪記』（八一年）だ。〈中年生まれのフレンズ〉と副題の付いたこの長編は作者の分身と思われる中年男が主人公だが、坊や哲が中年になったぶんだけ『麻雀放浪記』の躍動感から隔絶された物語となっている。もはや博奕に燃えるものがないという苦渋が全編を支配している。小説の構造としてはそのために若い相棒を登場させて、主人公が彼に博奕のフォームや極意を伝授するというかたちになる。坊や哲がかくも饒舌になってしまうとは、博奕の現場で黙って心も体も燃やした『麻雀放浪記』からは想像も出来ない変貌ぶりだ。

つまり、昭和四十年代に博奕打ちの凄まじい生態を群を抜く小説に描いて登場した阿佐田哲也は、昭和五十年代に入ると〈解説者〉と化してしまうのである。

その変化の理由として考えられるのは、昭和四十九年から『怪しい来客簿』を書き始め、五十一年の手術をはさんで五十二年「生家へ」、五十三年「離婚」を書くという色川武大の復活がひとつ。あとひとつは、時代が変化することで博奕打ちが生きづらくなったことか。

動乱期だからこそ生きられた博奕打ちが『麻雀放浪記・激闘篇』や『ドサ健ばくち地獄』に見られるように、社会が整い、管理が厳しくなるにしたがって呼吸し辛くなっていく。そういう時代の変化がひとつ。

「麻雀はもう悪事じゃなくなったものね。皆がやる健全なスポーツみたいなもので、素人でもツキで勝てる」という『新麻雀放浪記』の嘆きは、そのまま阿佐田哲也初期作品に登場した博奕打ちの嘆きでもある。

阿佐田哲也が、色川武大名義の作品を発表しながら一方で『小説・麻雀新選組』や『麻雀狂時代』などの実話小説を書いて昭和五十年代の前半を過ごしていくのも、時代が変わってしまったという作者のそういう認識があるからにほかならない。

ところがそうであるのなら仕方がない、と諦めていた時に『ドサ健ばくち地獄』が登場する。

仲間うちのコロしあいを緊迫したディテールで描いたこの傑作長編は阿佐田哲也の初期作品の世界をふたたび鮮やかに蘇らせた。この凄まじい長編が刊行されたのは昭和五十九年のことで、四十八年の『ギャンブル党狼派』から実に十一年ぶりの復活である。

この長編が雑誌に連載されたのは昭和五十三年のことで、まだ変化の初期ということもあったのかもしれない。『ドサ健ばくち地獄』に衝撃を受けたのは、阿佐田哲也が初期作品で描いた博奕打ちの凄まじい生態とその記録はもう二度と読めないだろうと思っていたからで、これは嬉しい驚きだった。しかし、これが本当の最後だった。凄絶な闘いの記録はこの長編を最後に姿を消していく。

第三章　ヒリヒリする博打小説からユーモア・ピカレスクへ

麻雀と手ホンビキとギャンブル小説

〝心理〟の重要性

　では『ドサ健ばくち地獄』の後、阿佐田哲也の作品はこの後どこへ向かったのか。

　博奕打ちが生きづらい時代になったといっても、阿佐田哲也がこのまま終わってしまったわけではない。そういう時代、博奕専業の男たちが生きづらい時代におけるギャンブル小説はどうあるべきなのか。――という話の前に、『ドサ健ばくち地獄』についてもう少し書いておきたい。

『ドサ健ばくち地獄』のラストが麻雀シーンであることを忘れていたのだ。チン、利之助、浜辰、そしてドサ健の四人が卓を囲むシーンである。バーテンの滝も、女郎屋の工藤も、そして落語家の花スケ、葬儀屋と、一人ずつ死んで、勝ち残った四人が卓を囲むのである。もっとも、彼らにすでに闘う意欲はなく、この長編は次の三行で幕を閉じる。

　ドサ健は、生まれてはじめて、たとえようもない淋しい心を湧かせていた。
　明日から、何に心を燃やして生きていこうか。
　そう思いながら、たった一人で、街の中に帰っていった。

長編のラストをいきなり引用するとはただごとではないが、しかしだからといってネタバレではないのでご安心。そういうストーリーにこの長編のキモはないのだ。

　ここでは、ラスト以外にも麻雀シーンが意外に多いことを指摘するにとどめておく。記憶の中では、手ホンビキのシーンで埋め尽くされた小説、との印象があったのだが、久々に再読してみると意外にそうではない。それだけ手ホンビキのシーンが強烈な印象だったということだろう。
本書の冒頭近くで、
……一から六まで、六枚のフダがあり、そのうちの任意の一枚を胴（親）がこっそりえらんで手拭いの中に忍ばせる。
どの数を選んだか、それを子方が当てるわけである。

と書いたあとに、作者は次のように続けている。

くわしくゲームのやり方を記して、地獄の遊びを蔓延させるのは作者の本意ではないので、今はただ、そういう遊びだと思っていただきたい。

結局、作者はその懸け方の詳細をこの長編の中で明らかにしていない。総論は描いたが、各論を避けた、と言ってもいい。だから本書を読んで、一度やってみたいと思っても、肝心要の懸け方がわからないのでは無理だ。

ところが、いまから三十年以上昔のことになるが、「別冊宝島」がこの手ホンビキの懸け方を紹介したのである。その筋の専門家に取材して、素人さんならこの八通りで十分でしょうとのコメント付きで紹介。図解付きだから大変に分かりやすかった。しかも東京水道橋の奥野カルタ店で、その手ホンビキのフダ一式を販売しているとの情報つき。すぐに買いに走ったのは言うまでもない。

本当は二十何通りあるらしいのだが、そのとき公開されたのは八通り。それをコピーして傍らに置き、仲間内で遊んだら、あっという間に徹夜になってしまった。

ギャンブルはシンプルであればあるほど面白いと言うが、あれは真実である。1から6までの数字の1つを親が選び、子がそれを当てるだけのゲームである。とてもシンプルだ。麻雀のように技術もいらず、競馬のように知識もいらない。にもかかわらず、とても難解で、奥が深い。その世界一の博打の詳細を、本書で作者は余すところなく描いている。

この長編が異様な迫力に溢れているのは、人間の心理の襞に入り込んで、そのディテールを描く著者の方法論に、手ホンビキが最適の素材だからだろう。

『麻雀放浪記』でも異常な配牌に気づいて、相手の心理を探る場面が印象的だったが、その心理ゲーム的要素は麻雀よりも手ホンビキのほうが強い。『麻雀放浪記』の甘さと、『ドサ健ばくち地獄』の辛さの違いは、『麻雀放浪記』のロマンが『ドサ健ばくち地獄』には微塵もないことの反映だが、同時に、麻雀と手ホンビキという種目の差でもあるような気がしてならない。小説としての面白さということでは『麻雀放浪記』が上位かもしれないが、ギャンブル小説としては『ドサ健ばくち地獄』が断然上位、との結論もそのためだ。

〝坊や哲〟の終り

『新麻雀放浪記』の中に、坊や哲がドサ健を述懐する場面がある。

性格破産者だったが、えらい奴だった。ドサ健は、どんなときでも、いつも身体を燃やしていた。そうして、もうこれでいい、なんて金輪際思わない男だった。

「強かったんだね。その男は」との質問には次のように答えている。

勝っても、負けても、強い奴だった。俺は奴にはどうしてもかなわない。どこかで、気持ちが燃えつきてしまう。たとえば今だ。奴なら、どこまでも勝つ。だが俺はそうはいかない。手前を捨てられない。死ぬまで、心臓が破裂するまで勝ちこめない。俺は破滅しないが、生涯に一度も、勝った、と思うことができないだろうよ。

そのとき、「その人は死んだのかい」と質問され、「知らん」と坊や哲は答えるが、たった一人で街の中に帰っていったドサ健は、その後どういうふうに生きたのだろうか。ふと気になることがある。

『麻雀放浪記』が昭和二十年からの数年間を描いていたのに比べ（番外篇は相当にあとの話になるが）、昭和三十二年から三十三年にかける時代を背景にしたのが『ドサ健ばくち地獄』だった。『新麻雀放浪記』は「まだ成田空港などケもなかった頃だ」という一節から昭和三十年代末ごろだろうと類推する。あるいはぎりぎり昭和四十年か。

つまり、『麻雀放浪記』↓『ドサ健ばくち地獄』↓『新麻雀放浪記』という三作は、ほぼ十年きざみのクロニクルということになる。したがって、『新麻雀放浪記』はいちばん分が悪い。歳取った博打打ちの話になるのだから、これは仕方がない。

若いヒヨッ子に博打の要諦をコーチする役目として坊や哲が登場する長編だが、興味深いのは後半四分の一が、カジノシーンであることだ。坊や哲は、マカオのカジノに遠征する若社長のコーチ役として同行するのだが、それぞれの種目の要諦が要領よく平易に語られるので、カジノの素人にも大変わかりやすい。

特に、ルーレットは手ホンビキと同じだという指摘には目からウロコだ。36の数字を6ブロックにわけ、その6つのうちの1つを当てると思えば、手ホンビキと同じになると言うのである。

ドサ健についての坊や哲の述懐は先に引いたが、同じくだりで、「ドサ健が持っていなくて、俺が持っているものもある」との発言に留意。ここで考える。何だろうと。

　坊や哲は言う。

「ドサ健は強い奴だが、けっして人に教えようなんてしなかった」

『ドサ健ばくち地獄』のちょうど真ん中あたりに、ドサ健が伊佐子に対して、彼女の敗因を説明するくだりがあったことを思い出す。

「やっぱり貴方は優しいわ。それだけ、教えてくれるんだから」

と伊佐子が言うと、暗い顔つきでドサ健が言う。

「いや、途中なら、教えやしないよ」

そしてこう付け加える。「君は、もう、終ったろう」。

なるほど、たしかにドサ健は「教えない男」だった。それに対して、

「俺は、お前に教えた。おい、大事なことはなんでも教えてやったよ。本当だ。もう教えることは何もないくらいだ」

　と坊や哲は主張する。

「俺はばくち以外何ひとつできないと思っていたが、俺の大事なことを人に教

えてやった。お前だけにだがな。教えてやりたかった。こいつが俺のいいところさ」

たしかに、坊や哲の語ったことは真実ではあるけれど、本当にそうだろうかと思いなおす。彼がヒヨッ子にすべてを教えたのは、彼自身がもう途中ではなく、終わっていたからではないのか。相手が終わってなくても自分が終わっていれば、ドサ健だって教えていたかもしれない。

『新麻雀放浪記』は、坊や哲が四十歳になったところから幕が開く長編であることを想起されたい。

……私はとっくに打《ぶ》ち稼業《かぎょう》を放棄していて、もう賭場《どば》に顔を出すこともめったになかった。昔、ばくちの張り取りに心を燃やしていたことが嘘のように思われる。

という冒頭から始まる長編であることも重ねて留意。苦渋に満ちたこの長編を最後に、坊や哲の物語は書かれていない。

ユーモア・ピカレスクの誕生

『ドサ健ばくち地獄』と『先天性極楽伝』の差違

では、『ドサ健ばくち地獄』のあと、阿佐田哲也はどこへ向かったのか。『ドサ健ばくち地獄』の刊行が一九八四年。その翌年に上梓されたのが『先天性極楽伝』である。この二作を続けて読むと、あまりの違いに驚く。——という話からこの項ははじめよう。『ドサ健ばくち地獄』は究極の博打小説で、その凄まじさは『麻雀放浪記』よりも遥かに上といっていい。作品に漲る緊張感は阿佐田哲也作品の中でダントツだ。

対して『先天性極楽伝』はどうか。これは博打打ちの修羅場を描いた初期麻雀小説の騙し合いの構図を現代社会に巧みに置き換えた小説で、こちらは詐欺教育塾をガーピー先生が主宰するという構成そのものが、すでに『ドサ健ばくち地獄』を書いた作者のものとは思えない。『ドサ健ばくち地獄』を貫いたものが緊張感だったとするなら、『先天性極楽伝』を貫くのはユーモアである。まったく異なっている。博打打ちの凄まじいぶつかりを描いた『ドサ健ばくち地獄』から一転して、ユーモア小説を書くのだから、これには驚く。

もちろん、阿佐田哲也の作品であるから、ただのユーモア小説ではない。登場してくるのが悪党ばかりというユーモア・ピカレスクだ。さらに、主人公格のハルとカン子が小学生同士で結婚するという細部も、常識を逸脱する阿佐田哲也の主人公らしさを伝えている。『先天性極楽伝』の中身に入る前に、なぜ『ドサ健ばくち地獄』とこれほど異なるのか、ということに少しだけ触れておく。それは『ドサ健ばくち地獄』が実際に書かれたのが七〇年代後半であることがヒント。七〇年代初頭の『麻雀放浪記』の余韻がぎりぎり残っている時期だったといっていい。ところが八〇年代の阿佐田哲也は、すでに『新麻雀放浪記』で見てきたように、「解説者」であった。つまり、博打との間に距離をもって接したとき、生まれてきたのがユーモア・ピカレスクなのだ。そう考えれば、この二作の間に横たわる差異にも納得できる。

『先天性極楽伝』はどういう小説か

というわけで、『先天性極楽伝』だが、この長編小説はハルこと春巻信一と、大名おカンこと水野カン子が十七歳のときから幕を開ける（この二人が小学生のときに結婚していたというのは回想で語られる）。で、ガーピー先生が主宰する詐欺塾の塾生となった二人を中心に物語が展開していくのだが、二人が協力するのかというと、そうでもないから面白い。

時には協力するが、時には抜け駆けも考えていたりして、真の味方は自分だけ。三億円をかすめた二人を追ってくるのは、ガーピー先生を筆頭に、スットン親分、プクプク爺さん、大金持ちのチン夫人に、ハルのおじさんに電気屋主人。ようするに、悪党たちの騙しあいを描くもので、ギャンブル場面はほとんど出てこない。

舞台が東京、長崎、シンガポール、オーストラリアと縦横無尽であることよりも、ハルとカン子の造形がこの長編のキモではないかという気がしている。たとえば、ハルとカン子の金を持ち逃げしようかどうしようかと迷ったときのハルの述懐を引く。

……あんまり自由というわけにいかないな。トランクを奪って女を捨てちまうのは簡単だが、それじゃ、犯罪になっちまう。日本みたいな島国じゃ、広い世界に高飛びしにくいから、犯罪は利口者のやることじゃない。ガーピーがそういってたからな。法律に触れないやりかたで、面白い目を見なくちゃ。

それにはどうすればいいかな。このまま女のヒモってのもつまらねえな。第一、銭が、カン子のところに停まっている保証がない。そのくらいなら、奪って逃げちゃおうかな。

いろいろ考えているようで、どこかでそういうすべてのことを「面倒くせえなあ」と思っている男なのである。他の作品にもハルのような男が登場するところを見ると、こういう男は作者の好みだったようだ。

対して、男たちと契約して交代に体を独占させているカン子は、誰も信用しないと言いながら、ハルのために借金を払ってやったりするから、ただの悪党ではない。「パパが死なないかしら。そうしたらすべてうまくいくのにね」「俺たちはまだ若いし、爺さんはもうすぐだよ。あせっちゃいけない」と息のあったところを見せるから、この二人、いいコンビなのである。

新しいユーモア・ピカレスク

このカン子も作者の好みだったのか、続く『ヤバ市ヤバ町雀鬼伝1』（小学館文庫版では『三〇〇分一本勝負』と改題）の「東四局ふうてんパイオニア」に登場するキャンディに一部、引き継がれている。

この『ヤバ市ヤバ町雀鬼伝』は、鬼ケ島ピンクゾーンを舞台にした連作集で、界隈随一の現金王と言われている中華料理店のオーナー、ソープランド社長などの超高額麻雀から幕を開け、その後も具体的な麻雀シーンが随所に入るから、この期の作品にしては珍しい。

それでも全体的には、この期独特のユーモア・ピカレスクで、以前の麻雀小説ではけっしてない。

第三話「都にカモの降る如く」にその変化は顕著だろう。仲間のうちでコロしあうのは初期作品と同じでも、そのあとが微妙に違っている。落ちぶれたヤマ仙と飛び梅が大阪の地下道で再会し、金額を書き込んだ紙片をチンチロリンでやりとりをするだけのラストシーンを見られたい。

『ヤバ市ヤバ町雀鬼伝2』（小学館文庫版では『ゴールドラッシュ』と改題）はその続編で、オレンプの娘がアメリカから帰ってくる騒動編。

彼女は父親をはじめとする男どもを手玉に取るが、基本構造は同じ。登場人物が博奕でお互いをコロそうと虎視眈々狙っているという点では初期作品の構造にも近い。ところが結末の付け方が初期作品とも『ドサ健ばくち地獄』とも異なっている。ほっとする救いが全編に流れているのだ。

すなわち『ドサ健ばくち地獄』のあと阿佐田哲也が向かったのは、『先天性極楽伝』『ヤバ市ヤバ町雀鬼伝』と続く新たなピカレスクの世界だった。それは日本には珍しいユーモア・ピカレスクで、阿佐田哲也にして初めて書き得た世界でもある。この先に何が待っていたのか、今となっては知ることが出来ないのが淋しい。

たとえば、「東四局ふうてんパイオニア」は、鬼ケ島ピンクゾーンのアイドルを作る回で、特別指名料を出せばどのキャバクラでも招んで席に侍らせることが出来るシステムを彼らは考え出す。で、選ばれたのがキャンディだが、月に五十万出せば、決められた曜日の夜にキャンディを独占できる「後援会」を、彼女は独自に始めるのである。

おやおや、このシステムはカン子と同じである。その「後援会料金」を作るためにキャンディ応援団が鬼ケ島ピンクゾーンの博打場を荒し回り、その対応に苦慮するという回だ。

もう一人は、『ヤバ市ヤバ町雀鬼伝2』に登場する勝負師オレンプの娘ジーンだ。この娘、

「……あたしはパパが、今まで放っておいたお詫《わ》びに、黄金の部屋と執事《バトラー》と五人の小間使いを用意して迎えてくれると信じて日本にやって来たんだわ。それが、なんですってェ！　一人部屋《ワンルーム》に泊れ、ですってェ！　なんて残虐なんでしょう！」

とわがまま放題だから、カン子に似てはいない。ここまでカン子、ひどくはない。しかしアメリカからやってきた破天荒なこの娘のどこかに、天衣無縫なカン子に近いものがあるのだ。

この「ヤバ市ヤバ町雀鬼伝」シリーズを厳しく読めば、夢オチがあるのはいただけない、との意見が出てくるのも理解できる。この窮地をいかに脱出するのか、それが見せ場であるのに夢オチでは肩すかしだ。そういう欠点があるのは残念ながら認めなければならない。しかし「都にカモの降る如く」のラスト、落ちぶれたヤマ仙と飛び梅が大阪の地下道で再会し、金額を書き込んだ紙片をチンチロリンでやりとりするシーンに対し、『麻雀放浪記』の引写しだという指摘については断固反対したい。たしかに酷似しているシーンではあるものの、こちらにはほっとする救いがある。意味的には「夢オチ」とは異なることを書いておきたい。

話は冒頭に戻る。『ドサ健ばくち地獄』と『先天性極楽伝』の落差について、大事なことを忘れていた。作品年譜を見るときに、『ドサ健ばくち地獄』が一九八四年に刊行されているから、阿佐田哲也の変化の流れが見えにくくなってしまっているが、この作品が七〇年代後半に書かれていたことを重要視すれば、『麻雀放浪記』と『先天性極楽伝』の間にあるのは、『ばいにんぶるーす』と『ばくち打ちの子守唄』ということになる。これがキモだ。細かいことをいえば、『次郎長放浪記』と『新麻雀放浪記』もその間に入るが、それはこの際、置いておく。ミッシングリングは、『ばいにんぶるーす』と『ばくち打ちの子守唄』である。この二作を分析すれば、作者がなぜ『先天性極楽伝』にたどりついたのかが見えてくる。

移行期の博打小説

『ばくち打ちの子守唄』と『ばいにんぶるーす』

おやおや、こんなに哀切な話だったのか。それが『ばくち打ちの子守唄』を再読したときの正直な感想だった。この作品に触れた際、「これは、博打打ちは家＝女を持ったら本当に勝てないか、という実験である」と書いたことがあるが、よくそんな突き放したような、冷静な書き方が出来たものだ。いま読むと、ラストが哀しすぎて、そんな余裕をとても持てない。

この長編の主人公はチンポの修。ノミ屋の槍田が紹介してくれた「美ィ」という女と知り合うのだが、最初の槍田の弁はこうだ。

「一言、ことわっておくがな。あの娘、ビョーキ持ちやで」

と大のばくち好きであることを告げたあと、こう続けている。

「女のばくちやからひどいんや。はじめはわいもなァ、女房にと思うた頃もあったわいな。どうしても、ビョーキがおさまらへん。女にばくちやられてみろ、なんぼわいが稼いでたって追いつかんで。なァ、わかるやろ。さすがのわいも持ちきれんわ。他にわるいとこはひとつもないがなァ。それが致命傷や。それさえ承知なら、きれいに銭払って持っていってくれ」

では、この娘のばくち好きに悩まされる展開になるのかというと、そうはならない。それに近い局面がないではないが、その「美ィ」に振り回されるような極端な展開にはならない。むしろ二人の仲はどんどん深まっていく。この彼女、最後にはチンポの修の借金を返すためにトルコ風呂にまで行くのだ。

すると、どうなるか。彼女がトルコ風呂で働き始めたあと、チンポの修が手ホンビキをする場面がある。で、六万円を張るとき、この六万を稼ぐために彼女が何人の男に抱かれなくてはならないかを考え、張る勇気がなくなってしまう。

この場面を取り上げて、「それでも彼はばくちに勝つことが出来るのか、という実験だ」と以前は書いたのだが、まあそれはたしかにそうだけど、いま読むとそんなに冷静に読むことが出来ない。しかもそのあとで彼女がどうなるのか、という運命を知ってしまうと、なんだか無性に哀しくなる。こういう読後感を与えるとは、阿佐田哲也の作品では異色の小説といっていい。

このチンポの修は、

「まァ、ばくちやからな。勝ちゃア、あぶく銭や。一回多く勝ちゃいい」

と言っていた男である。少しくらい負けてもへこたれない楽天的な男というのは、阿佐田哲也の作品では珍しくないが、そういう男が「この借金さえ消えたら、ばくちやめてもええ。それで、鉄工場かなんかに勤めて、美ィを一生、大事にしてやろう」と述懐するまでにいたるのである。この変貌ぶりはやはり尋常ではない。

阿佐田哲也の作品に登場するばくち打ちは、例外なく女と無縁であったが、それは、命を燃やすものが他にあるからだ。ばくちがいちばん上に来るからだ。それをひっくり返してしまうのが、この『ばくち打ちの子守唄』の最大のキモ。

そうか、もう一つ忘れてた。この『ばくち打ちの子守唄』には、手ホンビキが中心となるものの、いろいろな種目が登場しているが、その手ホンビキの賭け方が二通りだけ紹介されている。しかも小説の中に突如、コラムとして出てくるから異色。

それでは『ばいにんぶるーす』はどんな小説か。

こちらは、元バンドマンのロッカと、ノミ屋の和合を中心にした長編で、ここには、ルーレット、競輪、賭けゴルフ、野球、競馬、チンチロリン、オートレース、手ホンビキ、闘犬、ポーカー、さらには「誰が死ぬか」まで、あらゆるギャンブルが登場する。登場する種目は『ばくち打ちの子守唄』よりも遥かに多い。

この小説のポイントは和合だ。この男は、近代的なビジネスとしてノミ屋を考えている。もう一人の主人公ロッカが、ギャンブルの世界で勝つ方法を模索してノミ屋稼業に手を出していることをここに重ねると、この和合が現代のばくち打ちであることも見えてくる。弱気になったスポンサーに対して和合が啖呵を切る場面を想起されたい。

「俺はすくなくとも、金なんか出さない。俺たちは、そんなものじゃない力を、一生かけて身につけて、それでしのいでるんだ。金しか出せねえような奴は、一番の格下だ」

近代的なビジネスとしてギャンブルを考えている和合も、その体の中にはあのドサ健と同じ血が流れていることがわかる場面だが、冷静にこの小説を分析すれば、ばくちが企業として成立するか、という作者の実験にほかならない。

全体がノミ屋の話なので実際のギャンブル場面が少ないという阿佐田哲也にしては珍しい作品だが（それでもポーカーの場面は白眉。種目としては競馬、競輪、オートばかりでなく、病院の患者の誰が先に死ぬかという賭けまで登場する）、これはつまり博奕打ちが企業として成立するかという作者の実験である。

ようするに、『ばいにんぶるーす』と『ばくち打ちの子守唄』の特徴は、企業と恋愛である。博奕にこの二つの要素を入れる実験と言ってもいい。これらが成功しているかどうかは読者の判断にゆだねるが、その底にあるのは、博奕の現場でヒリヒリしたものを感じていたいにもかかわらず、すでに失われてしまったことに対する阿佐田哲也の苦渋なのである。

『次郎長放浪記』の特異性

もう一冊、ここに『次郎長放浪記』(昭和五十年)を並べてみる。

『次郎長放浪記』は初版時の題名が『清水港のギャンブンブラー』であったことから明らかなように、ギャンブル小説を意識して書かれた作品だが、異色中の異色小説。あるいは前述した変化の最中に書かれた長編だけに、これも作者の実験だったのかもしれない。では何が異色なのか。

主人公の次郎長はいつも博奕の借金を背負っているため、養父の紙入れから小銭をくすねることを始め少々のあくどいことも辞さない博奕好きの青年である。「幼くて養家に貰われ、その養家でも粗暴さの矯正のためといって、転々と他家に預けられて育った」という設定で、「人からどっぷりと愛された経験がない。ことあるたびに、黙って気持ちの塊をゴクリゴクリ呑みこんでしまう」男だ。ようするに阿佐田哲也のいつもの小説に登場する男と寸分の違いもない。

そういう男が養父の死と同時に「俺ァ無宿の一匹狼さ、世間さまはきっと、こんな俺を一気にもみ潰そうとかかってくるだろう。だが俺の方でも容赦はしねえ、堅気だろうがやくざだろうが、片っ端から喰い殺してやる。そうしていつか、でっけえ男になってみせるつもりだ」と、人別帳の外の人間となって好き勝手に生きることを決意するところからこの物語は始まっていく。

ところが一宿一飯の恩義を受けた親分からは敵対するやくざを殺すことを命じられるなど、彼は思うようには生きられない。必死に知恵を絞って親分のほうを殺す算段をするところから物語は妙な方向にずれていく。

旅の途中で尾張藩の槍組小頭、山本政五郎、山伏しくずれの道中師・法印の大五郎、鮨売りの政、という連れも出来るのだが、彼らは清水港に帰ってまとまった金が出来ればそれを奪って次郎長を殺そうと画策しているとんでもない連中で、決して次郎長の子分ではない。

もっとも大政だけは違うことを考えていて、「代官や役人などの手も出せねえような勢力にするには、人間の数も必要、知恵、腕力も必要。俺たち一人一人がこそこそ働きをするよりずっとデカイことができる」と次郎長を中心に独自の集団をつくることを考えている。

やくざの世界では一宿一飯の義理で勝手なことが出来ず、義理を欠けばこの世界からはじき出される。そのしがらみに動きの取れない次郎長に、「馬鹿を大勢集めて、わァわァいって暮らすんだ。お前の敵がちょっとやそっとじゃ手を出せねえくらいに勢いづいてしまえばよい」と大政は進言する。もっとも次郎長をずっと親分にするのかと小政に尋ねられると「そいつは奴次第だ。奴にその器量がなかったら、そのときはお前たちの手など借りるものか、俺が突っ殺してやるよ。なに、野郎など殺すのは屁でもない」と言うのだから、次郎長も楽ではない。

しかも酒宴を張り、博奕場で金を使い、彼らはやりたい放題。次郎長がその面倒をすべて見なければならない。彼は「今、俺が奴等のために使う金は、結局それで、奴等の命を買いとることになる金なんだ。奴等はきっと、いつか俺のために馬鹿になってくれる」と考えて金を算段してくる。

つまり、『次郎長放浪記』は一匹狼の集団がはたして成立するかという小説である。阿佐田哲也の初期作品に登場した博奕打ちはとんがるだけとんがって決して集団を作ろうとは思ってもみなかったが、この男たちは好き勝手なことをして自由に生きるためには大勢の力を結集したほうがよいと、博奕打ち集団を考えるのである。『次郎長放浪記』が異色であるのはこの点にある。

これはのちの『ばいにんぶるーす』や『ばくち打ちの子守唄』に通じる実験だが、「一番強く、一番烈しく、思いどおりに生きてやろうと思いながらこれまできたのに、いつもなんだかぐれはまな形になっていく」というラストの次郎長の苦渋に一匹狼の博奕打ちが生き辛い現実が象徴されているようにも思われる。

また、阿佐田哲也には別の筆名を使った時代小説の一群があるが、それらとこの『次郎長放浪記』が決定的に異なるのは、時代小説は衣装にすぎず、こちらがギャンブル小説であることだ。

ここには『ばいにんぶるーす』同様に、たくさんの博打が出てくるが、特徴は私たちの熟知していない種目が登場することだろう。

たとえば、「因果振り」だ。これは、自分の持ち目を決め、全員同額の金を張り、親から順繰りに三個のサイを盆の上に投げる。仮に自分の持ち目が、1・2・3としよう。自分が自分の持ち目を振れば、盆の上の掛け金はすべて取ることが出来る。しかし他人の持ち目を振ったら、自分の張った金はその人に取られてしまう、という博打である。

もうひとつ、「金吾」という種目も紹介される。

この遊びは、まず各自同額の賭金を積み、親が二枚の札を配る。子は、二枚のうちどちらか任意の札を選び（二枚とも捨ててしまうこともできるが、その場合は賭金没収）、その一枚を軸にして月数（雨なら二、桜なら三）の合計が十五になるまで何枚でも引くことができる。十五を突破してしまうと「バレた」といってアウト。きっちり十五でとまると、その場で賭金をすべて自分の物にできる。十一から十四までなら、そこでやめて、誰も十五にならなかった場合の数勝負に持ち込むために待機することもできる。このへんは現今のドボン（ブラックジャック）と同じである。

こういう種目を紹介したいという目的でこの小説を書いたのではないかと思うほど、その紹介に熱が入っている。

そういえば、『ばくち打ちの子守唄』にも、こんな種目が紹介されていた。それは、次のように進行する。

まず、胴が三個のサイコロをザルに投げ込んで伏せる。白い盆ござの上に、墨の線が書かれて六区分されている（一、二、三、四、五、六、サイの目と同じ六区画だ）ので、次に子方は思い思いの目の区画に札を投げ入れる。三個のうち、一個でも当たっていればその張りと同額が貰えるという博打だ。

同じ目が二個出ていれば三倍。三個のサイがみな同数だったら五倍。ただし、四五一、一二三六、この二つの目のときは胴の総取り、というのだが、『ばくち打ちの子守唄』ではその名称の記載がなく、内容だけがこのように紹介されている。

さらに、次のような作者の弁がつく。

簡単なばくちである。しかし簡単なばくちであればあるほど、むずかしいし、技量がいる。

こういう博打論が小説の中に挿入されるのは阿佐田哲也の特徴のひとつで、『次郎長放浪記』にも、次のような一節がある。

丁半は、いうならば本質的に二点のレースのようなもので、五割の勝ち目はむろんない。張り子がそのことに盲目であったわけではないのだが、しかし他のどんな形式の博打よりも盛んであった。誰も彼もが、割の合わない条件に直面して、なおいっそう細心な情熱を燃やし、工夫をこらして、この難関を突破しようと過熱していった。計算高い半面、不可能を可能にしようという情熱が燃えあがる。

博打はそういう遊びなのである。

『次郎長放浪記』はもともとの題が『清水港のギャンブラー』というだけあって、さまざまな博打を紹介するギャンブル小説なのである（次郎長が仕掛けサイの研究をしたりするくだりもあったりするのだ）。

小説としても、大政に「フン、ド素人奴。そんなこってよく賭場を渡り歩いたなんていえたものだな。いいか、博打ってやつは、まず第一に、手前の銭を鼻ッ紙と思うことだ」と説教されたり、法印大五郎に「今度はお前の露払いをしてやるがな、次郎長、人の上に立つってことがどんなことか思い知れよ。お前は仲間をなくしたぞ。今日から先、誰にも心を許せねえし、夜もおちおち眠れない、そんな日が続くんだ、ざまァ見やがれ」と言われる場面があるなど、通常の「次郎長もの」とは一線を画している。

ここまで来れば、結論まではただの一歩だ。八〇年代前半の『ばいにんぶる一す』と『ばくち打ちの子守唄』は、七五年の『清水港のギャンブラー』（のちに『次郎長放浪記』と改題）を受けて、さまざまなばくちの種目を紹介することで、博打との間に距離を持つ阿佐田哲也なりの試行錯誤であったに違いない。

『ドサ健ばくち地獄』（実際に書かれたのは七〇年代の後半だ）と、八〇年代半ばの『先天性極楽伝』との間に、この『ばいにんぶる一す』と『ばくち打ちの子守唄』を置けば、その移行にも納得できるというものだ。あのヒリヒリするような博打小説から、ユーモア・ピカレスクへ移行するためには、一度ばくちから離れて客観視する必要があったのである。それがこの二作の意味にほかならない。

第四章　やみつきになる！　阿佐田哲也の短編小説

阿佐田哲也の短編小説から二十七編を選ぶ

以下の文章は、福武書店版『色川武大 阿佐田哲也全集・11』、阿佐田哲也短編小説選の解説原稿である。紙幅の関係で全短編を入れるわけにもいかず、最大収録枚数以内に収まるよう、短編を選んでいく過程を記した。その行為自体が、阿佐田哲也の短編小説をどう読むか、に深く関わると思い、ほぼそのままを本項に収録することにした。

＊

この「短編小説選」には阿佐田哲也の作品から二十七の短編小説を収めた。まず、その収録の基準について書いておきたい。阿佐田哲也の短編は、

『牌の魔術師』昭和四十四年
『天和無宿』昭和四十五年
『ギャンブル党狼派』昭和四十八年
『東一局五十二本場』昭和五十三年
『黄金の腕』昭和五十九年
『外伝・麻雀放浪記』昭和六十四年

という六冊の作品集に、計五十六編が収録されている。この六冊以外にも、『雀鬼五十番勝負』『ああ勝負師』という二冊があり、計八十六篇のショート・ストーリーが収められているが、この八十六編はエッセイあるいは麻雀読物なのでここでは対象外。阿佐田哲也の世界を知るうえでは、この『雀鬼五十番勝負』『ああ勝負師』も興味深いものの（前記六冊に収録されている短編と、この二冊の麻雀読物集に収められたショート・ストーリーがいかに違うかは後述する）、阿佐田哲也の短編の核は、前記六冊の作品集に収められている五十六編である。

阿佐田哲也の世界を知るためには全短編を収録できればいいのだが、本巻における枚数の制約もある。この巻に収録できるのは四百字の原稿用紙にして千二百枚。単行本四冊分である。

前記の短編集六冊、五十六編を丸々収録するわけにはいかない。それに単行本未収録作品からも作品を選ばなければならない。雑誌に発表されたまま単行本に収録されなかった短編の中からは、「パイパンルール」「ちびっこバイニン譜」「地獄の一丁目」「新春麻雀会」「ホームスィートホーマー」「008は彼氏の番号」の六編を、すでに『ドサ健ばくち地獄』の巻に収録した。この巻には、単行本未収録作品として「競輪円舞曲」を収める。

さて、千二百枚の枠に阿佐田哲也の短編をどう収めるか。とりあえず、単行本未収録作品として「競輪円舞曲」を収めることだけは決めたが、残りをどうするか。

実は、阿佐田哲也の著作に、『阿佐田哲也麻雀小説自選集』（双葉社、昭和五十年）という本がある。昭和五十年の段階で著者が選んだ作品を収録したもので、『麻雀放浪記　青春篇』の他に短編を十六編収録している。

選んだのが昭和五十年であるから、対象となっている作品集は『牌の魔術師』『天和無宿』『ギャンブル党狼派』の三冊である。この三冊三十三編から、著者は十六編を選んでいる。

自選ということに敬意を表して、まずこの十六編を最優先する。となると、残りの枠が決められてくる。あとは枚数の制約が許すかぎり収録することにした。まず、前記三冊の作品集から五編。著者の自選にもれた作品だが、私には捨てがたいものを選んだ。『牌の魔術師』から「山谷雀ゴロ伝」「〝切返し〟の寒三郎」「南の三局一本場」の三編。『ギャンブル党狼派』から、「スイギン松ちゃん」と「耳の家みみ子」の二編である。そして昭和五十年以降の作品は、計五編を選んだ。『東一局五十二本場』から表題作と「快晴の男」「なつかしのギャンブラー」の三編。『黄金の腕』から「北国麻雀急行」、『外伝・麻雀放浪記』から「ラスヴェガス朝景」。

つまり、『阿佐田哲也麻雀小説自選集』を中心に、それ以前の作品を五編、それ以降の作品を五編、未収録作品を一編という内容である。その結果の二十七編は次の通りだ。

なお、☆印の付いているものが『阿佐田哲也麻雀小説自選集』に収録のものである

☆天和の職人　週刊大衆　昭和四十三年四月十日号

☆ブー大九郎　週刊大衆　昭和四十三年十月十七日号

☆黒人兵キャブ　週刊大衆　昭和四十三年十月二十四日号

☆左打ちの雀鬼　別冊週刊大衆　昭和四十四年九月号

☆捕鯨船の男　週刊大衆　昭和四十三年十月十日号

☆赤毛のスーちゃん　週刊大衆　昭和四十三年十月三十一日号

☆まんしゅうチビ　週刊大衆　昭和四十三年十一月十四日号

スイギン松ちゃん　週刊大衆　昭和四十八年一月四/十一日号〜二月一日号

☆シュウシャインの周坊　週刊大衆　昭和四十八年三月二十九日号〜四月十九日号

☆留置場麻雀　週刊大衆　昭和四十三年十一月二十一日号
北国麻雀急行　週刊文春　昭和五十四年一月四日号
☆イッセイがんばれ　週刊大衆　昭和四十三年十一月七日号
☆ベタ六の死　週刊大衆　昭和四十三年十一月二十八日号
〝切り返し〟の寒三郎　別冊週刊大衆
快晴の男　Gen 昭和五十二年十二月号
山谷雀ゴロ伝　別冊週刊大衆　昭和四十四年六月号
☆末は単騎の泣き別れ　別冊週刊大衆　昭和四十五年一月号
耳の家みみ子　週刊大衆昭和四十八年二月八日号〜三月二十二日号
☆雀ごろブルース　初出誌不明
☆居眠り雀鬼　別冊週刊大衆　昭和四十五年五月号
☆茶木先生、雀荘に死す　小説サンデー毎日　昭和四十七年五月号
南の三局一本場　別冊週刊大衆　昭和四十六年二月号
競輪円舞曲　オール讀物　昭和五十年五月号

☆海道筋のタッグチーム　別冊週刊大衆　昭和四十五年六月号
東一局五十二本場　週刊文春　昭和五十一年六月三日号
なつかしのギャンブラー　小説宝石　昭和五十一年四月号
ラスヴェガス朝景　小説推理　昭和五十一年一月号

枚数の制約さえ許せば、まだ他にも収録したかった作品が幾編かある。たとえば『ギャンブル党狼派』に収められている五編は本来ならすべて収録したい。著者の自選集にはこの中から「シュウシャインの周坊」しか取られていないが、残りの四編、「スイギン松ちゃん」「耳の家みみ子」「ズボンで着陸」「人間競馬」は、どれも捨てがたいのである。

ただ、この『ギャンブル党狼派』に収録の作品は短編というよりも中編に近く、どれも一編が百枚から百五十枚。この五編すべてを収録すると他の短編がこぼれ落ちてしまう。そこで今回は「スイギン松ちゃん」「耳の家みみ子」の二編を取るにとどめた。

最後まで迷ったのが「ズボンで着陸」。この中編は、競輪のノミ屋ダンゴ鉄とカモの老紳士の関係を絶妙に描いたもので、登場するギャンブルの種目も競輪、麻雀、サイホンビキと見せ場が多い。さらに、カモを身ぐるみ剝ぐはずの無頼漢が老紳士にふと同情してしまうという最後の展開が泣かせる。

代打ち稼業の元力士の人生を描く異色作「人間競馬」も捨てがたいが、作品としては「ズボンで着陸」のほうが秀逸だろう。割愛するのが実に惜しい。

自選集収録作品から、「黒人兵キャブ」「まんしゅうチビ」「留置場麻雀」「雀ごろブルース」「居眠り雀鬼」の五編を落とせば、枚数的にこの「ズボンで着陸」を収められるが、自選集収録作品は最優先という制約があるので仕方なく断念した。

結果としてこの二十七編である。阿佐田哲也のさまざまな面を見ることが出来ると思う。

作品の背景にある時代

二十七編の配列は、それぞれの発表年代順ではなく、小説の背景となる時代順にした。阿佐田哲也の作品は、積込み、抜き技などを得意とするプロのイカサマ師が花と咲き乱れた終戦直後から、アメリカ軍基地周辺に無法者が集まっていた昭和二十二〜二十三年、ＧＩたちが帰国し始め、競馬競輪などの群衆ギャンブルがスタートして一匹狼の麻雀打ちにとっては麻雀不況だった昭和二十五〜二十六年（この頃からイカサマの手口も積込み、抜き技などからコンビ技に移行）、そして四人組で打つことが流行し出し、堅気の客が雀ごろを相手にしなくなった昭和三十年代と、時代の変化を背景に映し出しているので、その作品群を時代順に配列すると戦後のギャンブル史が浮かび上がってくる。それも一興ではないかと考えた。

もっとも背景となる時代を明記していない作品も多く、この二十七編のうち十五編は年代が明記されていない。ただ、内容などから推察できるケースがあり、たとえば「黒人兵キャブ」は、〈私〉が大阪から舞い戻って基地通いをしていた頃とあるので、昭和二十三年と推定できる。なぜなら大阪に行ったのは昭和二十二年の秋（「ブー大九郎」）なのである。

「北国麻雀急行」は、東京を喰いつめた博打打ちの〈私〉が北陸を旅している間の話で、さらに「日本海岸の友人の実家に転がりこんでやっと正月をしのぎ」という件から推察すると、昭和二十六年の始めである。というのは、『黄金の腕』所載の「未完成大三元」によると、この旅に出たのが昭和二十五年の暮れであるからだ。

「まんしゅうチビ」は、ダンチが捕鯨船で稼ぎそこねたとあるので、「捕鯨船の男」が昭和二十四〜二十五年であることから考えて、昭和二十六年頃か。

お断りしておくが、これらの推察は、おそらく作者自身をモデルにしたと思われる作中の〈私〉が、すべて同一人物と仮定しての話である。この二十七編のうち、〈私〉が登場しない作品は、「快晴の男」の俺、「居眠り雀鬼」の居眠り男、「東一局五十二本場」の麻雀業者を、それぞれ〈私〉と考えると、「捕鯨船の男」と「耳の家みみ子」の二編のみ。残りの二十五編は、すべて〈私〉が絡んでくる。

もうひとつ、お断りしておくと、阿佐田哲也の作品には作者の体験が色濃く投影されているが、けっして実体験そのものではない。別の巻に書いたが、登場人物のモデルについても創作した人物が多い。つまり、これらの作品は私小説ではない。一作ずつ個別の作品である。したがって、この二十五人の〈私〉が別人であることも充分にあり得る。

にもかかわらず、〈私〉を中心に配列したのは、ようするに選者である私のお遊びである。阿佐田哲也の書いたギャンブル小説は、著者の自伝小説であると考えたいのである。作中の〈私〉が別人であるよりは同一人物であると考えたほうが面白いではないか。

年代が明記されていない十二編がまだ残っている。

現代篇三編は、「海道筋のタッグチーム」が昭和四十四年、「なつかしのギャンブラー」が四十年代の後半、「ラスヴェガス朝景」は昭和五十年と推察できる。これで、あと九編。

だんだんヒントが少なくなってくるので類推するしかないが、「シュウシャインの周坊」が昭和二十四〜二十五年。「〝切り返し〟の寒三郎」が昭和二十六〜二十七年。「末は単騎の泣き別れ」が昭和三十年頃。「雀ごろブルース」が昭和三十年代の前半。「南の三局一本場」が昭和二十六〜二十七年。これは私の類推で、この五編の年代測定に実は自信はない。しかし概ね、こんなところだろう。

困ったのが四編。「スイギン松ちゃん」は、競輪に詳しい人ならここに登場する競輪選手の名前で、ある程度の年代が測定できるのかもしれないが、私は競輪に弱いのでわからない。それでも昭和二十五年前後か。「競輪円舞曲」も昭和三十年代と類推するしかない。「東一局五十二本場」と「留置場麻雀」はまったくヒントもないので、前者を現代篇のあたりに、後者を昭和二十五年前後に考えることにした。

あるいは幾つかの作品の時代背景を読み違えているかもしれないが、正確な年譜を作るわけではないので、こんなところでいいだろう。それに考えてみると、「未完成大三元」に昭和二十五年と出てくる日本海沿いの旅は、『雀鬼五十番勝負』では昭和二十四年頃となっている。著者だって日記を書いているわけではないのだから、そういう〈矛盾〉は他にもあるかもしれない。もともと作品中の時代が一貫していると考えるほうが無理なのである。それを承知の上での配列だ。

こう並べてみると、終戦直後の混乱期に十六歳で博打の世界に入った〈私〉

が、昭和二十二年の大阪行きをはさんで、米軍基地通い、二十五年頃から室内博打がさびれてくると東京を喰いつめて房州、北陸などの地方まわり、さらに麻雀から足を洗って二十年代後半に雑誌記者になり、昭和三十年代に入ると小説を書き始め、だんだん博打に対して衰えを感じてくるという一人の男のギャンブル人生が浮かび上がってくる。

最後の「ラスヴェガス朝景」に「私だって三十年もギャンブルをやっているのだ」と出てくるが、いわば昭和二十年から昭和五十年まで、三十年間のギャンブル人生を過ごした男の年代記でもある。もし〈私〉が著者であるなら、この二十七編をそういう自伝小説の連作として読むことも出来るだろう。

いや、そこまで立ち入るべきではないか。これらの短編が一人の男を主人公にしたものであるなら、こういう順序で並べるとギャンブルの世界にどっぷり浸かった男の年代記にもなる、との提示にとどめよう。個別の作品を鑑賞することとは別に、そういう愉しみを味わっていただければいい、という趣向にすぎないのである。

群を抜いてうまい短編小説

二十七編の内訳について触れておきたい。

「海道筋のタッグチーム」に記述の間違いがあることについては第二章の〈『ドサ健ばくち地獄』の矛盾〉に書いたが、その顚末を綴った『阿佐田哲也麻雀小説自選集』の後記に著者は次のように書いている（この部分は角川文庫版から省かれている）。

実はこの「海道筋のタッグチーム」という作品は比較的、私自身気に入っている作品の一つなのである。麻雀という小道具を使って普通小説的な内容が展開する話よりも、私個人としては、どこもかしこも麻雀小説らしい、極端にいえば人物よりも麻雀牌が主軸になって展開が定まるような作品の方が気に入っているのである。

麻雀牌が主軸となった「どこもかしこも麻雀小説らしい」作品は、実は少ない。この二十七編の中にそういう作品を探すなら、「末は単騎の泣き別れ」だろうか。しかし、「麻雀という小道具を使って普通小説的な内容が展開する話」が多いわけでもない。その大半は圧倒的な個性を持ったキャラクターが登場する作品か、あるいは、切れ味のいい短編である。「天和の職人」「捕鯨船の男」「ブー大九郎」などの名作群は今さら言うまでもなく前者で、後者が「〝切り返し〟の寒三郎」「南の三局一本場」である。

前者の作品群に登場する職人たち、特にプロのイカサマ師に対する敬意は、たとえば「ブー大九郎」のラストにある「この素晴らしい博打打ちに、一度でも勝ったということを、大事にしたいような気分になっていた」とあることからも明らかだ。すなわち、魔術師に対する敬意である。「ブー大九郎の復讐」に、この盲目の麻雀打ちにデタラメで対抗する男たちが登場するが、〈私〉が正攻法で戦うことに留意。ここにこそ、ロマンチスト阿佐田哲也の真骨頂がある。

しかし、こういうキャラクター造形と、そういう人物に対する著者の考えは長編でもうかがうことが出来る。ここでは短編の技法について触れておく。唸るほどうまいのである。

たとえば「天和の職人」には和服男が出てくる。孤独の影が深く、どうやら渡り鳥らしい。伝説的な天和の職人・大柴久作のことを紹介したあとの件だ。読者はてっきりこの男がその伝説的な職人だろうと推察する。そのあとに登場する調子のいい長靴男は脇役で、あとはどういう展開になって、和服男が大柴久作であることがどこで判明するのか、興味はそこに絞られる。ところが、予想外の展開になる。プロのイカサマ師という素材に寄りかかった作品ではなく、阿佐田哲也という調理師の手で料理されたものを読者は提示されるのである。こういう短編の仕掛けについては、他の部分（キャラクターの魅力やそのストーリーの異様な迫力など）につい目が行ってしまうので見逃されがちだが、阿佐田哲也は群を抜いてうまい。

「南の三局一本場」も後半の展開がいい。復讐の機会を狙われていたロール健と再会するところまでは「麻雀という小道具を使って普通小説的な内容が展開する話」だが、そこから先が独壇場である。

「〝切り返し〟の寒三郎」も予想外の展開を示す。意表外の着想といっていい。ケッサクは〈私〉が天和のときにスッと千円札を出して「ツ、ツモアガリだ、な」と寒三郎が言うシーン。途端に〈私〉の天和がみじめになるというところが面白い。この短編には後年のコミカルな作品の萌芽がある。

短編ベスト1はどれか？

創作と実話の関係についてだが、『雀鬼五十番勝負』に「ブー大九郎」の創作誕生の顚末が書かれている。このモデルは実在しないが、大阪で早上がりの男と知り合ったのは実話。後年、池袋で盲目の麻雀打ちと卓を囲んで停電になった時、早くやりましょうよと言われて、記憶で打っている人は長引くほどに不利になることに気が付いたというのも実話。このふたつのエピソードをもとに書いたのが「ブー大九郎」だという。著者の創作の裏側が垣間見えて興味深い。停電の件は続編「ブー大九郎の復讐」に使われている。

キャラクター造形については何といっても、相棒ダンチが群を抜いている。強くて朗らかな博打打ち。思う存分打って、勝ち、しかも人気がある。イカサマはほとんどしない。そんな小細工が不必要なのだ。キリキリキリッと力をこめてツモる。誰かが当たり牌を捨てると突如形相を変え、両掌を口に当て「ヴァーン！」と叫ぶ。「捕鯨船の男」で登場してからその後も何度か阿佐田哲也作品に登場する。ギャンブルが好きで自分からは絶対に席を立たないタイプ。バイニンとしては失格だが、著者はこういう野放図で陽気な博打打ちに愛着があるようだ。

「なつかしのギャンブラー」は二十年ぶりにダンチから手紙が舞い込んで、〈身体ばかりがぶよぶよとふくらんだ私〉が昔の相棒と再会する短編だが、その屈折した愛着が見事に描かれている。ようするに、ダンチは古典的な勝負師である。このダンチに似たタイプとして、他にも「留置場麻雀」のズボン屋、「快晴の男」の圭がいる。彼らが第一のタイプ。

次は、「山谷雀ごろ伝」のフー公、「茶木先生、雀荘に死す」の先生、「競輪円舞曲」の童話作家。彼らは第一のタイプほどギャンブルに強くない。気がよくて弱い男たちである。しかし、負けても負けても懲りずにやめない男だ。こちらは、ようするにカモである。こういう人物も著者は優しい目で描いている。「イッセイがんばれ」のイッセイ氏と、「スイギン松ちゃん」の松ちゃんはそのどちらでもなく、イッセイ氏は茶木先生たちよりも強いが、ツイていないので結局は負け組に入ってしまう男（旅費を賭けて闘うラストは絶妙だ）。松ちゃんは気がいいギャンブラーだが、ダンチほどうまくはないので負けてしまうタイプ。

ダンチから松ちゃんまで、この男たちに共通するのは勝ち組負け組の違いはあっても、陽気で懲りないギャンブラーであること。こういうタイプを阿佐田哲也は短編では好んで描いている。

それは、「ばくち打ちというものは、例外なしに、勝ちこんでいくことによって、人格を破産させていく」（「快晴の男」）のが普通だからだろう。「本当に勝ち抜く奴は、生まれたときからいかなる意味でも祝福されたことのない奴でなければならない。誰を愛しても、誰に愛されてもいけない」（「同」）ともいう。そうなるとギャンブラーが陰気な男になるのも道理で、現実にはおそらくそういう陰々滅々とした男たちが博打場にはあふれていたと思える。「末は単騎の泣き別れ」の学生雀士ベル、「耳の家みみ子」の河野宏がこのタイプで、「左打ちの雀鬼」の善ちゃんをここに分類してもいいかもしれない。

その筆頭は、「赤毛のスーちゃん」に登場する「不況になってからは特飲街に入りこんでそこの女専門にカモってるという嫌な野郎」光本で、現実にはこういう光本のようなタイプの男が多かったのではないか（この光本はのちに『天和無宿』所載の「麻雀科専攻」では娼婦に同情を寄せる男になっているが）。だからこそ、その博打の世界に野放図で陽気なギャンブラーを見たいという著者の愛着があるのだと思う。

この巻に収録した二十七編のうち、こういう気のいいギャンブラーが登場するものが九編。なんと三分の一である。同傾向のものを採らず、もっと多様な展開を示す作品を採るべきだったかもしれないが、私もまたこういう男たちを愛しているのである。

この二十七編のうち、個人的ベストを選ぶと「シュウシャインの周坊」になる。この短編は「友だちが欲しかった。いや、単に友だちという言葉ではいいつくせない相棒が欲しかった」という冒頭の一行から絶妙なラストまで、法の外に生きる無頼漢の孤独を見事に描いた傑作であると思う。奇跡的な傑作『麻雀放浪記』を別にすると、長編では『ドサ健ばくち地獄』、短編ではこの「シュウシャインの周坊」が、私の選ぶ阿佐田哲也作品ベスト1である。

初期短編小説の面白さ

魔術師への敬意

阿佐田哲也の短編小説は何度読んでも面白い。これまで何度読んだのか数えたことはないけれど、それぞれ十回近くは読んでいるのではないか。仕事に疲れたときなどに、棚に挿している任意の短編集を手に取るのだ。最初は冒頭の一編だけを読むつもりで読み始めるが、あっという間に読みふけっていて、はっと気がつくと一時間くらいはたっている。あわてて本を棚に戻して仕事に戻るのだが、そんなことをしょっちゅう繰り返している。おおまかなストーリーは覚えていても細部を忘れているので、何度読んでも面白いのだ。

たとえば『牌の魔術師』に収録の「捕鯨船の男」という短編がある。バイニン（商売人）のダンチが捕鯨船に乗り込んで、船上で麻雀をする話――という大枠はもちろん覚えている。しかしそれ以外の細部は忘れているのだ。だから初めて読む小説であるかのように面白い。今回もこの稿を書くために再読したが、あっという間に物語に引き込まれてしまった。そうかこういう話だったのか。

行きがかり上、「捕鯨船の男」からこの稿を始めていくが、主人公のダンチについては次のように書かれている。

麻雀打ちを業《なりわい》にしている連中は、だいたい皆、陰気な影を背負っている。密林の獣が笑い顔も泣き顔ももたないように、弱肉強食の世界で、感情を押し殺して生きているからであろう。

ところが、ここに一人、例外がいた。通称を、ダンチという。

こういう男を著者は愛していたようで、短編群に何人も登場するが（たとえば『牌の魔術師』収録の「留置場麻雀」に出てくるズボン屋もその一人だ。あるいはもっと後年の『東一局五十二本場』収録の「快晴の男」に登場する圭もこのタイプといっていい）、魅力度ではダンチがベスト1。このダンチは、「捕鯨船の男」で登場したあと、「留置場麻雀」にも、さらには『東一局五十二本場』収録の「なつかしのギャンブラー」にも登場してくる。阿佐田哲也の短編に二度出てくるキャラクターは、ブー大九郎を始めとして何人もいるが、三度というのは珍しい。それだけ愛していたキャラクターなのだと推察している。

ちなみに、『天和無宿』収録の「天国と地獄」にはドサ健が登場しているが、この男は三度目どころではない。何度も登場しているから、まったくの特例といっていい。

キャラクターということでは、気がよくて弱い男たちも、阿佐田哲也の短編には多く登場する。負けても負けても懲りずにやめない男たちだ。その代表が、『牌の魔術師』収録の「イッセイがんばれ」のイッセイ氏。帰郷する交通費まで負ける最後の展開が面白い。

「飛行機はやめよう」「いまだと青森までしか行けないわ」「仙台までだわ」と、

細君が心配するほど、どんどん交通費がなくなってくるのだ。そのときに、「私はイッセイ氏のツモがよくなるように、いつも山を仕組んだ」と著者が書いていることに留意。博打の世界は、誰一人として信用できない厳しい世界ではあるけれど、こういう「懲りない男たち」を阿佐田哲也が優しく描いていることは記憶されていい。

あとは、長編にも通底することだが、魔術師たちに対する敬意だ。たとえば『牌の魔術師』収録の「ブー大九郎」は、盲目の雀士大九郎にいかにして勝つか、そのいきさつを書いたものだが、ラストに留意。この短編を著者は次のように結んでいる。

けれども、そのクラブで働いている間、私は二度と大九郎と手合わせしようとはしなかった。大九郎の次の手を恐れたからではない。この素晴らしい博打打ちに、一度でも勝ったということを、大事にしたいような気分になっていたからである。

『天和無宿』収録の「末は単騎の泣き別れ」に、「私」がベル公を飲みに誘うシーンがあることもここに並べておこう。なぜ誘ったのか、その心理は次のように書かれている。

麻雀打ちは、これはと思う奴がいると、なんとなく別れがたい気になるものだ。

ここに、前出の「留置場麻雀」のラスト、ズボン屋手作りのカードがインチキであったことが判明するくだりで、

私はすっかり好きになったこのバイニンの肩を叩いて、
「このイカサマ野郎奴、もうその手に乗るかい」
ズボン屋は、知り合ってからはじめて、大きな笑い声をたてた。

怒るどころか陽気に締めくくっていることを並べれば、一つのことが見えて

くる。前述したように、ズボン屋がダンチに代表される陽気なキャラクターであることも大きいが、見事に自分を騙したことに感服したからにほかならない。つまりここにあるのも、魔術師への敬意なのである。

『牌の魔術師』が一九六九年、『天和無宿』が一九七〇年、『ギャンブル党狼派』が一九七三年。あの奇跡的な傑作『麻雀放浪記』とほぼ同じ時期に書かれていることに注意。

阿佐田哲也の短編は、この三冊以外に、『東一局五十二本場』（一九七八年）、『黄金の腕』（一九八四年）、『外伝・麻雀放浪記』（一九八九年）と、あと三冊あり、これら六冊に収録された短編は全部で五十七編を数える。これ以外の阿佐田哲也の短編は、『色川武大　阿佐田哲也全集』（全十六巻／福武書店一九九一〜一九九三年）に、単行本未収録作品として上梓された七編と、結城信孝編『天和をつくれ』（阿佐田哲也コレクション1／小学館文庫二〇〇七年）に収録の表題作を足して、全部で六十五編。今後の研究次第で、埋もれた阿佐田哲也作品が発掘される可能性があるので、作品数が増える可能性もあるが、二〇二〇年の現在ではとりあえずこの六十五編がすべてだ。もっとも、『黄金の腕』に収録の「前科十六犯」「夢ぼん」と、『外伝・麻雀放浪記』に収録の「ひとり博打」の三編は、色川武大名義で発表され、前記の「天和をつくれ」は井上志摩夫名義だった。

ここではその全六十五編の中から初期作品集三冊に収録された三十二編を紹介することになっているのだが、阿佐田哲也の短編では、この初期作品三十二編がいちばん面白い。それはやはり、書かれた時期が『麻雀放浪記』とほぼ同じ時期、ということが大きい。勢いのあるときなのだ。キャラクター造形はもちろんのこと、構成よく、切れ味もよく、技巧をこらした短編が多いのも当然なのである。

「シュウシャインの周坊」の秀逸さ

最後になるが、『ギャンブル党狼派』に収録の「シュウシャインの周坊」について書いておく。

この『ギャンブル党狼派』は、『牌の魔術師』『天和無宿』と違って、各編がやや長い。短編というよりも中編に近く、第一話「スイギン松ちゃん」、第二話「耳の家みみ子」、第四話「ズボンで着陸」、第五話「人間競馬」と、どれも素晴らしいが、第三話「シュウシャインの周坊」が図抜けている。冒頭の一行をまず読もう。

友だちが欲しかった。いや、単に友だちという言葉ではいいつくせない相棒が欲しかった。

この哀切きわまりない冒頭に留意。この一行の向こうから、友を求める強い感情がゆらゆらと立ちのぼってくる。こんな文章を阿佐田哲也の小説で読むのは初めてだ。だから余計に引きつけられる。

結城信孝編『雀師流転』（阿佐田哲也コレクション6／小学館文庫二〇〇八年）の表題作に、似たフレーズがあることも急いで書いておく。編者解説によれば、この『雀師流転』は雑誌「近代麻雀」に半年間（一九七六年四月号〜九月号）連載されたもので未完となった長編である。未完となった理由については、編者解説を読まれたい。この小説の中に、「私」がボッチと知り合うくだりで次のような述懐が出てくる。

友達が欲しいんだな、と思った。奴の方でもそう思っていたかもしれない。私のようにアウトロウの世界で一人で生きていると無性にそう思うときがある。

「シュウシャインの周坊」の冒頭と酷似しているので、こういうフレーズを著者が何度も書いているような印象を与えるかもしれないが、むしろ少ない。そして、「シュウシャインの周坊」のほうが先に書かれていることに留意。

急いで書いておくが、阿佐田哲也の短編は、実体験をもとにしているようでいて、かなりの創作が入っていることは知られている。しかしこの「シュウシャインの周坊」に著者の本音のようなものが垣間見えるのは、この冒頭に漂う哀切感がただならないものだからだ。
これから読む方のためにストーリーは詳述しないが、秀逸なのはラストだ。父親の商売相手を喰い、母親の金を盗む周坊に、「私」が次のように言うくだりに注意。

「勝負は他人とするもんだ。手前みたいに肉親にばかりブータレてるのは、甘ったれているだけなんだぞ。お前は見栄坊《みえぼう》で、弱虫で、発育不良の子供なんだ」

この直後、周坊の「凶暴で小さな体」を蒲団の上から抱きしめる有名なシーンが出てくるが、これがすべてラストで効いてくる。絶品である。全六十五編の短編群でこの「シュウシャインの周坊」をベスト1にするのは、このロマンあふれるラストのためにほかならない。

第五章　阿佐田哲也あれこれ

「色川武大・阿佐田哲也」の原点

博打は認識の遊びである

短編「ひとり博打」について書く。

これは「早稲田文学」(昭和四十五年五月号)に色川武大名義で発表された作品だが、阿佐田哲也『外伝・麻雀放浪記』の巻末に収録されたように(名義は発表時のまま、色川武大である)、「阿佐田哲也」と切っても切れない関係にある。というよりも、「阿佐田哲也」と「色川武大」を繋ぐ作品といっていい。あるいは、「色川武大・阿佐田哲也」の原点のような作品とも言えそうだ。

ここで描かれるのは、一人遊びだ。最初は相撲で、まず星取表をつけ始める。

「ひがァァし、かみィのやァま」「にィィし、あさァひなだ」という声が聞こえてくる。「時間です、手をおろし合って」。よッ、うおッ、よいはっけよい、うッ、うううはッ――。星取表をつけていると、実況の声まで聞こえてくる。

初日が終われば二日目を、二日目が終われば三日目をやらなければならないから忙しい。やがて千秋楽がやってくると、番付会議を敢行しなければならない。最初は幕内力士を対象にしていたが、幕内の尻で負け越した場合、下がらなければそのまま据え置くことになり、不自然である。そこで、十両という一段下の段階を作ることになる。さらに、十両の尻にくると同じ問題が生じるから、幕下を作り、三段目を作り、序二段、序の口とつくっていく。

こうなると個人では記憶できなくなるので、カードをつくって個々の記録を書き込んでいく。

幕下までは小さな細長いカード、十両になるともう少し幅広い紙質のよいカードに書き換える。ポイントは、それが作者が小学生のときのひそかな遊びだったということである。大人になってからの趣味ではないということだ。

中学生になると野球に興味を持ち、選手名鑑を手にいれて、全選手のカードを作り、次は映画に興味を持って、膨大なカードを作り始める。その部分を引く。

……古本屋をまわって小遣いの許す限り映画雑誌や映画企業の業界誌を買い込み、弟の助けを借りて、フランス映画界は小プロダクションの乱立でとても整理ができそうになかったので、日本映画とアメリカ映画の製作スタッフと演技陣、裏方、管理職と営業部、映画館主、エキストラ（名のわからない部分は無記名のカードをそのまま使ったが、後には結局汚れ方や皺の寄り方で記名と同じ個性が出た）などのカードを作りはじめた。

そして大人になってからは、最後に競輪にたどりつく。選手が四千人もいることが気にいったというのだが、これもそのくだりを引いておく。

……四千人の近況を一手に掌握する必要があるのであるが、それは不可能に近い。それが私の身体の中のどこかをチクチクと刺激しはじめ、ついに全国五十数個所の競輪場をまわりはじめた。行く先々で競輪をやったり他の博打を打ったりしてどうやら宿泊費を出していく。各選手の脚力や走法を知るのはまだ簡単なので、私の場合、地図を頼りに周辺都市や郡部を歩いて選手の家をこの眼で見て歩く。某は自転車屋であったり、某はコロッケ屋であったりする。なるほどと頷きながら、家の建ち方から家族構成までを書き記して戻ってくる。

ここまでもすごいが、この先はもっとぶっ飛ぶ展開になる。競輪場にやってくる客は、それではどんな生活、どんな人生を送っているのか、それも記録しなければならないと考えるのである。

最後は一気に引く。

……私は古い葉書で電車を作り、ノートを裂いてバスを作った。客は自宅から駆けつけるとは限らないから、勤務先を作る。誰かは仕事をサボって行き、誰かは終わったあと一目散に夜の仕事場に行く。今まではただ端的だった誰かの幸不幸がさりげなく円味を帯びてくるような気もするが、私はレースを消化し、金を算え、配分を工夫し、電車を動かし、人々の個人的な会話を空想し、多くの会社を運営し、商店を作り、商品の流通をはかり、生産地を想定し、雨を降らせ、刻一刻変化する雲の有様に凝り出し――。

ここまで読めば明らかだが、力士の特徴を書いたカード遊びは、最後はすべての人を記録するだけでなく、街を作りバスを作り雨を降らせ、つまり「世界を作る」ところにたどりつくのである。

それは、第二章で言及した「博打は認識の遊びだ」ということにも大きく関わってくる。

「博打は認識の遊びだ」というとき、もちろん〈遊び〉がポイントなのではない。〈認識〉することがポイントである。博打はその認識が遊びに使えるから面白いというにすぎない。カードによって世界全体を作ってしまうという壮大なお遊びは、色川武大名義の短編「泥」にも描かれ、長編『狂人日記』のひとつのモチーフになっている。「ひとり博打」が私小説だとは断定できないが、ある対談でもこのカード遊びに興じたことを語っているので、ある程度は作者自身の経験に基づいているものと思われる。

このひとり遊びが教えるのは、世界を認識することに憑かれた情熱であり、それが何よりも愉しいという作者の心の動きである。そこまでしなければ対象を理解することはできないという資質。それが博打に現れると阿佐田哲也になる、ということなのではないか。

その意味で、「ひとり博打」は色川武大と阿佐田哲也を繋ぐ象徴的作品と言えるし、この作家の原点であるように思えるのだ。

相変わらず秀逸な短編

『外伝・麻雀放浪記』に収録の短編「バカツキぶるーす」についても触れておく。「私」が麻雀専業の足を洗ってから二十数年後に手紙が舞い込むところから、この短編は始まっている。差し出し人は「高井の八」だ。

明るい奴で、よく喰い、よく呑み、よく笑う奴だった。このへんも麻雀打ちには珍しい。

いまは結核療養所にいる、そういう昔の知り合いから、金の無心の手紙が来るのだ。そうして交友が復活する経緯の詳細は省くが、その八の細君が病気になり、金を作らなければならなくなるのが次の展開で、結局は「私」が場を紹介して麻雀を打つことになる。小説のラストを割るのは論外だが、話の展開上そうしなければ先に進めないので、未読の人はこれから十数行をスキップしてください。

八は、勝ち続けるのである。大トップの連続で、三チャン目が始まるころには、相の悪い若い衆がごろごろ出てきて奴のうしろへ立ちはだかり観戦。裏芸を防ぐつもりか、あるいは通しを送っているのかもしれないが、八はへっちゃら。推定の手術代はもう十分に出ているが、いま病院に戻ってもカミさんは麻酔で眠っているに違いない。夜が明けても昼になっても清算しない、席を立てないムードだし、八のほうも立とうとしない。とことんまでやってやろうじゃないか――。

ラスト二行はこうだ。

……その頃、名コンビのカミさんが、哀れ昇天して、三人の子供たちが宙に浮いた形のまま呆然としているのを、奴はまったく知らなかった――。


ちょっと残酷な終わり方だが、ご安心を。『東一局五十二本場』に収録の「なつかしのギャンブラー」では、別の終わり方をしている。

こちらの短編は、「イロさん、葬式代、出しておくれ」と手紙が舞い込むところから始まっている。差し出し人は、ダンチだ。阿佐田哲也の愛読者ならお馴染みの人物だろう。

この男はとにかく明るい男で、自分の腕を隠そうという発想がないので、勝ち続けるとメンバーがいなくなる。そこで捕鯨船に乗り込めば、逃げるところがないから大丈夫と、捕鯨船に乗り込んで南極までの往復の間に、乗組員のギャラをすべて巻き上げたという伝説の男。

そうか、「高井の八」はダンチだったのか。「バカツキぶるーす」では種目が麻雀だったが、「なつかしのギャンブラー」ではそれが別の種目になっている。二個のサイコロの目を当てるゲームだ。種目がこのように変わるだけでストーリーは「バカツキぶるーす」と同じ。勝ち続けることも同じ。違うのはそのラストだけ。これがどうなるのかは、本文をお読みください。

あとは『東一局五十二本場』に収録の短編「雀ごろ心中」に珍しく競馬が出てくること。ファンが本当に知りたい情報を載せた予想紙を作りたい、と言うから、おお、面白い展開になるぞと期待したが、予想紙を刷る印刷機械を買うための資金作りにノミ屋を始める話になり、どんどんねじれていくから競馬ファンからすると惜しかった。

『外伝・麻雀放浪記』に収録の「ドサ健の麻雀・わが斗争」「不死身のリサ」には、ドサ健が出てくることも書いておかなければならないし、その二編を「麻雀科専攻」と「放銃しない女」で挟むことで、最初の四編を女性雀士の物語でかためるという趣向も面白かった。

それにしても、阿佐田哲也の短編は相変わらず秀逸で、もう何度目かというのに今回も読みふけってしまった。『東一局五十二本場』と『外伝・麻雀放浪記』はすべて素晴らしいが、昭和五十年代半ばすぎに書かれた短編をまとめた『黄金の腕』も、ぞくぞくする怖さを残す表題作と、その構成の妙に唸る「北国麻雀急行」が突出している。

阿佐田哲也の神髄、ここにあり！

「なぜチンチロリン小説がないのか！」について

まず、『ぎゃんぶる百華』の問題から片づける。これは「夕刊フジ」に連載した、ギャンブルに関するエッセイをまとめた書だが、その後ろのほうに次のような文章がある。

「本の雑誌」という最初ミニコミ雑誌のような感じだったが、なかなかクダけて面白く、現在は相当部数に伸びたという噂の雑誌がある。

大分以前だが、その雑誌に〝チンチロリン小説よ、出てこい〟というような趣旨の軽文章がのっていた。麻雀、競馬、競輪、ホンビキ、とギャンブル小説はいろいろあるのに、チンチロリン小説がないのはおかしい、と記してある。

この「チンチロリン」の項は五回にわたって続くのだが、その二回目にはこうある。

ギャンブルの他の種目については、入門書やセオリー書があるのに、チンチロリンが、これほど流行していながら、セオリーを記す者が居ないのはけしからん——。「本の雑誌」所載の軽文章の筆者（題名もお名前も失念していて申しわけないが）はそう記していたと思う。

このあと、阿佐田哲也は次のように続けているのでそれも引いておく。

すこしきついことをいうと、ばくちというものは、人に教わるものじゃないんですな。自分でしのぎを考えて、それで他人の盲点を突いていく。他人が意識し、実行していることより半歩でも一歩でも先に出る。これでなければどんないい知恵だって極《き》め手にはならない。

今は、いろいろな種目で先達《せんだつ》のような顔をした者がいて、活字のうえでも実地でも、コーチをしてくれる。近頃の人はそれに慣れているから、自分で考えるということをしなくなったね。

以前にも書いたことだが、これが最後だと思うので改めて書いておく。この「軽文章」の作者は、私である。ギャンブルエッセイを書くときに使っている筆名（藤代三郎）で、「本の雑誌」十五号に書いた。そのときの正確な見出しを記録のために書いておくが、「チンチロリン小説よ、出てこい」ではなく、「なぜチンチロリン小説がないのか！」というものだ。

私の「軽文章」が冒頭に載った「本の雑誌」十五号が発売になったのは、昭和五十四年十一月。阿佐田哲也の前記のエッセイが「夕刊フジ」に掲載されたのは、昭和五十六年始め。その年の暮れに発売された単行本で、この阿佐田哲也の文章を知り（「夕刊フジ」に掲載時は知らなかった）、昭和五十七年、情報センター出版局から刊行された『戒厳令下のチンチロリン』（のちに角川文庫）で、私は反論を書いた。のちに、福武書店から刊行された『色川武大　阿佐田哲也全集』の「ドサ健ばくち地獄」の解題でもその反論を繰り返したので今回が三回目。もうこれが最後だ。

もともとの「軽文章」を読んでいただければわかっていただけると思うが、ひらたく言えば、この「軽文章」はギャンブル書のブックガイドである。ただ、雑誌の冒頭を飾る原稿なので、インパクトのある見出しをつけたにすぎない。「ギャンブル関連書のブックガイド」というよりも「なぜチンチロリン小説がないのか！」というほうが、おやっと思わせる効果がある。

だから、『戒厳令下のチンチロリン』の反論ではこう書いた。

そういう読み方をされようとは思わなかった。チンチロリン必勝法を教えてくれ、などとは書いていない。セオリーを教えてもらおうとも思っていない。

その文章の末尾にこう書いている。

競馬と麻雀がこれだけ大衆レジャーの王者として君臨したのは、実は理論書が生まれ、それによって各々が味わいを深めることが出来たからだと思う。チンチロリンが大衆レジャーの王者にならなくてもかまわないが、やはり味わいを深めるために一冊の理論書が欲しい。

これだけのことを書いたにすぎない。もっとも阿佐田哲也は、人に教わるものではない、と記しながら、五回にわたってこの項を続け、結局はセオリーを幾つか書いている。たとえば、こうだ。

何人か居る子のうち、小張りに勝ち、大張りに負け、綜合《そうごう》で足を出すような親は、次局、やはり衰運である。またカタ（上家）の子に勝っても、ラス家の子にいい目を出されて負けたときの親は次局の親目に微妙に影響するように思える。

これらは、総体的な傾向であって、例外はある。いつもこういけば誰も苦労はしない。ただし、麻雀放浪記に記さなかったこの部分のセオリーをひとつだけ加える。
四、五人居る子の一人が、連続していい目を出し、いわゆるバットが振り切れた状態のときには、他の子は大勝負を控えるべきだ。どうしても主役と脇役ができる。自分が主役になったときまで自重するのである。
こういうのを読みたかったのである。この項は五回も続くので、まだ他にも幾つかのセオリーが書かれている。興味のある方はぜひ読まれたい。

麻雀小説の「内実」

『ギャンブル人生論』が興味深いのは、『麻雀放浪記』を始めとする数々の小説のモデルについて著者が書いていることだ。実在の人の特徴を数人くっつけて、創造した人物が多いのではないかと思っていたが（他の作家の小説でもこういうケースが多いような気がする）、「捕鯨船の男」のダンチと、「留置場麻雀」のズボン屋は案外に事実に近い、というのに驚いた。

特に、ダンチだ。まず、こういう紹介がある。

もう七、八年来、私なりに探索しているが行方の知れない兄弟分がいる。私の麻雀小説では、主にダンチという通称で登場してくる男で、街のクラブでは客が逃げて俺とやらなくなるからといって、逃げ場所のない船の上で麻雀をやることを考え、志願して捕鯨船に乗りこみ、南極までの道すがら船の仲間を麻雀で総なめにしてカモったという男である。

この紹介を読まなくても阿佐田哲也のファンならお馴染みの人物である。

このダンチは生家を飛び出したきりで、女に産ませた子供が、彼の生家で育ち、数年前、小学校にあがったはず。この子の籍のことで親御さんがひどく心をなやましておられる。もしも元気でいるのなら、連絡を寄越せ、とこのダンチの本名を公にして呼びかけたのだ。

『ギャンブル人生論』には、この呼びかけが載っているだけで、はたしてダンチから連絡がきたのかどうか、その後日譚は書かれていない。もしも連絡がきたのなら、どこかのエッセイに書いただろうから、結局は連絡が来なかったということになる。なんだか、すごく気になる。

『競輪痛快丸かじり』についても触れておく。ムック形式のこの本には、「ギャンブルの帝王はジツに競輪だった！」と惹句がついている。私の手元にあるのは一九九二年六月刊の第七刷で、発売後六年たってもまだ売れていたとは息が長い。

ポーカー、ルーレット、花札、麻雀、その他いろんなギャンブルに長年親しんできたが、そのコク、味わい、読みのどれについても競輪が群をぬいていると思う。

これは「ギャンブルの帝王、それが競輪」の項の冒頭に書かれている一文だが、阿佐田哲也の考えが顕著に現れている。続いて次のように書いている箇所にも留意したい。

競輪は、〝選手の読みや調子〟を推理する推理ゲームでもあり、また、一面無数のファンとの知恵くらべであるともいえる。つまり配当との闘いという側面が、いわくいいがたい醍醐味を加えている。

選手やファンの心理を読む——いかにも阿佐田哲也らしいポイントである。さらに味わい深いのが「競輪放浪記」だ。これは自分の競輪遍歴を振り返りながら、同時に多くの競輪選手の雄姿を綴るレクイエムでもある。もちろん、勝負と人情は別だ、という側面はあるのだが、引退式もなく、いつの間にか選手がいなくなるのは淋しい、というあたりに、くたばるまで闘う競輪選手への愛があふれているようでもあり、胸を打たれる。

『これがオレの麻雀』について。これは本当に凄い。第十一期の名人戦の決勝戦の自戦記である。読み始めたらやめられなくなる。あるいは、阿佐田哲也の全著作の中で、これが永遠のベスト1かもしれない。そんな気もしてくる。

ようするに、名人戦の決勝戦の牌譜を載せ、なぜこのときにこの打ち手はこれを切ったのか、を阿佐田哲也が解説していく書だ。

ただ、それだけのことなのだが、ここに阿佐田哲也のすべてがあると言っても過言ではない。自分がなぜその牌を切ったのか、止めたのか、は誰だって書くことが出来る。しかし、卓上には四人がいるのだ。その四人すべての、牌を切ることの、そして切らないことの理由を書かなければならないのである。当然、その人の心理の襞に入り込み、推理していくことになる。まるで小説を読んでいるときのように緊迫感に富んで面白いのはそのためだ。

それを逆に言えば、いつも捨て牌を見て、こういうことを考えているということでもあり、凄味を感じて仕方がない。

だから、流局の回のほうが面白い。四人の心理がバチバチっとぶつかっている様子がくっきりと浮かんでくるからだ。

しかし、素人にはわからないことも多く、たとえば決勝六回戦の南場二局〇本場。親の古川凱章にリーチがかかり、その四巡後に五萬、その次に六萬を阿佐田哲也は切っている。そのことについて、自戦記では、

私の中盤の五萬六萬切りは、一応強打の形だがここあたりが当たるとは思っていなかった。

と書いているが、どうしてそうなのかは書いていない。その理由がわからないのは私が素人だからだろうが、このように一つずつ見ていくと、飽きがこない。まったく希有の書だ。

阿佐田哲也と私

私はいかにして麻雀に出会ったか

ここでは、私の個人的な話が中心になることを、お許し願いたい。麻雀との出会いについて、一度書いておきたいのだ。

高校三年の夏、大塚駅前の予備校に通っていた。そろそろ本格的な受験勉強を始めなければまずいよな、と考えて、自分で申し込んだのだが、そんな時期に受験勉強を始めるくらいだから、真面目な受験生ではなかった。案の定、二日目の朝、予備校の建物に入ろうとしたところ、足が止まってしまった。初日は我慢したものの、また退屈な一日を過ごすのかと考えると、足が進まない。

後ろから次々に予備校生がやってくるので、そこに立っていては邪魔になる。とんとんと数歩、左にズレた。すると、予備校の隣にあった喫茶店の前に出た。で、そのドアを開けたのである。そこで数時間過ごそうとか、コーヒーが飲みたいとか、特に何か考えたわけではない。とんとんと横にズレたところに喫茶店があったのでドアを反射的に開けただけだ。

店内は暗く、外から入ってくると、すぐには目がその暗さに慣れない。ドアを開けて入ったところに数段の階段があり、そこを降りたところで足を止めた。そこで初めて、なんで私はここに入ったんだろうと思った。どうしようと考えたとき、奥から声がした。「あれ、〇〇じゃないか」

誰だろう。私の名前を呼ぶのは。そちらのほうを見たが、まだ目が暗さに慣れないので、よく見えない。すると、「こっちに来いよ」とその声が言う。

奥のボックスに近づくと、隣のクラスの生徒が四人座っていた。顔は知っているが、全員の名前は知らない。だから、どうしてオレの名前を知っているのか、不思議だった。彼らは、どうしてこの店に入ったのかとか、こちらの事情を何も聞かず、「あいつ、ばかなんだよ。そんなこと普通するかあ」などと、それまでの続きらしい話を始めるのだ。

一時間くらいすると、「そろそろ行くか」と立ち上がるので、どこに行くのかも知らずに私もついていった。駅から数分行ったところにある雀荘に彼らは入っていった。もちろん私は麻雀をしたこともない。雀荘に入ったのも初めてである。

その日はずっと後ろで見ていた。見ていても、ルールも知らないのだから何もわからない。彼らも教えようとはしないので、私も聞かなかった。ただ、漫然と見ていただけだ。予備校には行けず、家にもまっすぐ帰るわけにもいかない。そんなことをしたら、予備校をさぼったことが親にバレてしまう。その雀荘で彼らの麻雀をずっと見ていたのは、行くところがなかったからだ。

それから毎日、予備校の隣の喫茶店に行き、彼らのあとをついて雀荘に行き、夕方までつきあっては帰宅した。予備校の授業を受けたのは、結局初日だけになる。その生活は、夏休みが終わるまで続いた。いや、夏休みが終わる直前に変化があった。メンツが一人足りなくなったのだ。すると、当時のリーダーS君が「じゃあ、〇〇、入れよ」と私を誘うのである。それまで一か月近く、後ろで見ていただけで、私は何も知らないのだ。それでも誘いを断るほど、私に勇気はなかった。こてんぱんに負けた。当時は紙に書くだけで清算は後日だから、金を払ったわけではない。これはいつ払うんだろうと思ったことを覚えている。

ルールも知らずに卓につくとはそれだけでも乱暴きわまりないが、S君たちはただの高校生ではなかったから、とんでもないことであった。というのは、その年の暮れ、「今度立教の学生と打つからお前らも見にこいよ」とS君が言い、池袋の雀荘に行ったことがある。現在は丸井になっているビルの斜め向かいのビルにその雀荘はあった。いまはもうない。S君ともう一人、向こうも二人。大学生と高校生の麻雀対決である。いまでも覚えているのは、大学生が西を持ってきて、おりたことだ。三枚目の西なのに、なぜそんな牌でおりるのか、意味がわからなかった。流局になると対面のS君が四暗刻単騎でテンパっていて、それが西単騎であった。

そういう大学生と互角に闘っていたS君に、ルールも知らずに卓についた私が勝てるわけがない。卒業までに幾ら負けたのか、その支払いはどうなったのか、もうよく覚えていないが、負け額を半分にしてくれて、それでも払えないからそのまた半分にしてくれたような記憶がある。

結局、高校を卒業するまでその雀荘に入り浸った。「次、体育の時間だから学校行くか」と言いだして、雀荘を抜け出したことが何度かあった。ちなみに私が通っていた高校は、都立文京高校で、大塚と巣鴨の間にあった。少し先に進めば、巣鴨地蔵通り商店街に出る。学校の住所も、西巣鴨だ。大塚駅前の予備校に申し込んだのも、大塚が通い慣れた街であったからだ。

阿佐田哲也の年譜を見ていて驚いたことがある。「一九四一年に旧制第三東京市立中学に進学」とあるのだが、その「旧制第三東京市立中学」とは「現・東京都立文京高等学校」だというのである。なんと、私は阿佐田哲也の後輩であった。

阿佐田哲也の年譜を見ると、一九四三年ごろから勤労動員で工場などで働き、その後、無期停学処分を受けて、結局は中退となるが、その二十一年後に同じ学校に進学していたとは知らなかった。阿佐田哲也が通っていたころと、私が通っていたころは、間に戦争が挟まれているので、校舎も違うものであったろうが、場所は同じなので、まわりの景色は同じはずである。『麻雀師渡世』の第一章に、次のような一節がある。

へんなめぐりあわせで私は、B29の焼夷弾《しよういだん》攻撃のまっただなかに、三度、身をさらしている。下町一帯が焼けた夜が一度、山手の大火のおりが一度、そして横浜で一度。その三夜とも、まだ中学生の身でありながら、博打《ばくち》をやっていたのだから、あの頃は結局、連夜やっていたことになるのかもしれない。

私の動員先の工場も、中学の校舎も、みな焼けてしまって、学校は開店休業であった。つまり、毎日ヒマだったのである。

そのころの博打については、同じく第一章にこんなエピソードも書かれている。勤労動員でボイラー（釜たき）として働いていたときの回想である。重労働だが交代制なので、かなりの遊休時間があり、そういうときに工員たちと釜の上のホカホカ暖かいところで卓を囲んだというのだ。

……空襲のサイレンが鳴ると、釜もとめるから、いちもくさんに屋根の上へ行く。

ほかの連中は防空壕《ぼうくうごう》に飛び込むが、我々はポン、チー、パクリである。ある日、グラマン（戦闘機）に急襲された。超低空で機銃掃射《そうしゃ》だ。こいつにはあわてた。屋根からおりれば、下の連中に見つかる。といって屋根の上では隠れる所がない。我々は右往左往《うおうさおう》して逃げまどったが、これが癖になったようで、その後も二、三度、グラマンに襲われた。

こんなことをしていたら、学校に行くヒマはなかったかもしれない。

麻雀の思想書

未完の小説「雀師流転」は、すでに第四章で触れているので、ここでは詳述しない。

友達が欲しいんだな、と思った。奴の方でもそう思っていたかもしれない。私のようにアウトロウの世界で一人で生きていると無性にそう思うときがある。隣り合ってぐっすり眠りこけることができるような仲、無計算で言葉が交わせるような存在。つまりは、女ということだったかもしれない。だがそのときは、友達、という言葉がまっ先に頭に浮かんだ。もっと厳密にいえば、友達というより、手下《てか》だ。頼りになる手下。

というくだりが興味深いことを書くにとどめておく。

少し先に、

友達が欲しい、と私はまた思った。甘ったれの点では私も人後におちない。しかし私は、奴に、友達になってくれ、と告げる意思はなかった。

というくだりもあり、あの傑作短編「シュウシャインの周坊」を彷彿させるので、大変興味深い作品だが、勤労動員の日々がかいま見える「麻雀師渡世」のほうが私は親しみを覚える。

高校を卒業するまで私は一回も勝ったことがないので、自分は麻雀が弱いと思っていた。だから大学に入って、サークルの先輩から「君は麻雀が出来るか」と尋ねられたとき、「少しだけなら」と答えたのは、謙虚だったからではなく、正直な気持ちであった。ところが先輩たちと卓を囲んでみると、彼らがあまりに弱いので驚いてしまった。ずっと後年、「お前が入ってから筋が通らなくなった」と先輩に言われたことがあるが、そのレベルならS君らに揉まれてきた私にも勝ち目がある。

しかしあのころ、『麻雀の推理』や『阿佐田哲也のマージャン秘密教室』があったら、もっと強くなっていたのではないか。この二作ともに私が大学を卒業してから刊行された本なので、当時は読むことが出来なかった。

特に、

麻雀は点棒のやりとりにあらず、運のとりあいである。

というのは麻雀の実用書というよりも、思想書といっていい。まことに画期的だ。その運を引き寄せるために技術がある、という考え方はいま読んでも素晴らしい。

『阿佐田哲也のマージャン秘密教室』には、イカサマ技がたくさん紹介されていて、とても興味深く、読み物としてはこちらのほうが面白いかもしれないが、しかし、麻雀というギャンブル、ゲームの本質的な部分を教示してくれる『麻雀の推理』は、ただの指南書ではない。こういう書が遥か昔に書かれていたということは信じがたい。現在でも古びていないのはすごいことだ。阿佐田哲也の偉大さを改めて感じるのである。

「元ネタ」と「創作」の秘密

「北国麻雀急行」の作り方

『ああ勝負師』と『雀鬼五十番勝負』は、実録集である。前者は「ギャンブラー列伝」となっていて、後者は「忘れえぬ名勝負五十番を活字で再現」となっているから、前者では「人」に焦点を合わせ、後者では「状況」に焦点を合わせている、という分類もできるけれど、そこまで厳密にわけることはあるまい。ようするに二冊とも、阿佐田哲也が実際に体験したことを、そのままエッセイとしてまとめたエピソード集である。すべて事実そのままではなく、多少の誇張や創作が入っているのかもしれないが、そんなことを言いだしたらキリがない。ここでは実録集としておく。

興味深いのは、この実録集で書かれたエピソードをのちに小説に使っていることで、それを比較するのが面白い。

たとえば、『雀鬼五十番勝負』の「その四十四番手　車内麻雀」を見られたい。これは、新潟から直江津までの日本海沿いに旅打ちしていたころの回想だが、午前中の三等車に乗ったら、「私」一人が占領していたボックスに若者三人が乗り込んでくる。そのうちのひとりがカード麻雀を取り出して「お客さん、麻雀はやりますか」と言ってくる。で、糸魚川までという約束で始めると、取ったり取られたりしているうちに、すごい手が来る。そのとき、窓の外では「糸魚川ァ、糸魚川ァ、大糸線はおのりかえェ」とアナウンス。「オヤ、糸魚川だ――」「あんた、降りるんじゃないですか」と若者が口々に言う。「私」は手のいいのがバレないように、わざとゆっくり駅の模様を見渡してから、「ううん、たいした町でもなさそうだな。面倒だから僕も富山までいきますか」「そう、それじゃァ続行だ」。すると、ロイド眼鏡がリーチときて、三暗刻タンヤオの親マンをツモる。そこで初めて気がつく。おや、こいつら、わりに玄人っぽいのかもしれんぞ。下車駅の寸前でわざといい手を入れ、降りさせない。じっくりカモろうという寸法じゃないか。そこで「私」は慎重になるが、やがて彼らが相場の会社の社員で、打つことが好きでたまらない連中であることがわかってくる。「玄人っぽい」というのは、考えすぎであったのである。富山を過ぎても降りず、金沢まで行って折り返し、結局新潟まで戻って旅館で朝まで打ち続けた——という話である。

この「実話」を小説にするとどうなるか。

それが「北国麻雀急行」(「週刊文春」一九七九年一月四日号)だ。のちに作品集『黄金の腕』に収録されているので、出来れば読み比べていただきたい。新潟から乗るのも、降りる駅の手前でいい手が入るのも、最後、新潟まで戻って、延々と打つことになるのも同じ。違うのは、その途中である。三人組の正体も違うし、そこにもう一人が入ってくる展開も異なる。

こちらは小説なので、細かく内容を紹介するとせっかくの愉しみを阻害しかねないので、ここでは控えておく。私たちは、『雀鬼五十番勝負』の元ネタを知っているので、こんなふうに創作に仕立てていくのかと驚くことになる。

こういう例（元ネタと創作の関係）は他にもあるので、探してみるのも一興かもしれない。

『ああ勝負師』で、おやっと思ったのは、競馬ネタが三本も入っていることだ。第十二話「偶然の火曜日」、第十八話「フジイサミの双眼鏡」、第二十六話「欲望という名の記者」の三本である。阿佐田哲也に『厩舎情報』という競馬小説があることは周知の通りだが、短編は一本も書いていないし、エッセイもほとんどない。前記の第二十六話「欲望という名の記者」に、「私は最近あまり競馬場へ行かない」とあるので、競馬場へ通っていた時期があるようだが、そのわりにはエッセイなどにその痕跡がない。

『ああ勝負師』には、競輪、競艇までは出てきても、オートレースに関するものが一本もないから、欠けているのは競馬だけではない。いや、競馬はむしろ三本も入っているのだから、一本もないオートレースよりは著者の興味を引いていた、と言えるかもしれない。

なぜそれほど、競馬にこだわるのかといえば、私個人の趣味だ。あらゆるギャンブルの中で競馬がいちばん好きだからだ。だから阿佐田哲也に競馬に関することをもっと書いてもらいたかった、という思いが強いのである。生き物の走るゲームであるから、他の種目のように必勝法を編み出すことは困難ではあろうが、それでもあらゆるギャンブルに精通している阿佐田哲也なら、何らかの攻略法をみつけたのではないか、と夢見るのだ。

元ネタがありながら創作を書いていないものは他にもあり、それが『ああ勝負師』第三十三話「ホンビキ原作屋」。これは手ホンビキで胴（親）が引く目の原作を引き受けるという話で、なるほど、これは現実にありうるかと納得してしまう。原作料は、胴がたった（浮いた）場合の三割。自信のない人間がプロに頼みたくなる心理は理解できるし、面白いアイディアだと思うのだが、これをネタにした作品は書かれなかった。あるいは、元ネタ自身が十分に小説的だからかもしれない。

罪の告白

ところで、『雀鬼五十番勝負』に、「その二十一番手　先ツモの国士無双」という短文が収録されている。プロ麻雀打ちの足を洗って、小さな出版社に勤めていたころ、作家に声をかけられて断りきれず、旅館に出向いたときの話だ。メンバーは、作家とカメラマン、そして女優が一人。

……その女優さんというのが、名はここにあげないが、ほとんど映画に興味のない私ですら、顔と名を知っている。その頃人気絶頂といった感じのスタアで、なるほど輝くように美しい。

そのころ著者はまだ二十代前半で、「この女優さんの前で、負けて恥をかきたくない」と思ってしまう。もともと持ち金は不足していたのだが、作家とはふだん打ち合っているから雀力はわかっているし、負けるとは思ってもいなかったのだが、綺麗な女優さんを見たら緊張のしまくり。そうなると手も空回りして大負けの連続。最後の最後に、先ツモして牌を入れ替え、女優さんの捨てた牌で国士無双をあがってしまうのである。最後の一行はこうだ。

バレなかった。おかげで、金無しの恥をかかずにすんだが、あのときの女優さんには、今でもすまなく思っている。

つまりこれは、罪の告白だが、『ああ勝負師』第十四話「最後のイカサマ」を読むと、そのときの女優さんが誰なのかが丸分かりになる仕組みになっている。この「最後のイカサマ」は、「先ツモの国士無双」と同じ一局を描いたものだが、こちらは実名入りエッセイである。作家とカメラマンというのが、藤原審爾と阿川弘之の作家二人。女優は渡辺美佐子であることが書かれている。

最後に「競輪円舞曲」について少し触れておく。ギャンブルの素人が競輪にはまっていく様子を、リアルに、軽快に描いて、実に読ませるのだ。特に、出目研究の結果、編み出した攻略法を実践しているとき、なかなか成果が出ない中、「まア、楽しみはすぐに出ない方がいい」「あとへ行くほど儲けがデカいンだからね」と言い合うくだりでは笑ってしまった。遥か昔、二年間一度も馬券を買わずに研究を続け、独自の攻略法を発見した大学の先輩が、資金を出した部下たちに言っていたことと同じだからだ。いつの時代でも同じことを考えて、同じように失敗する男たちがいるのだ。そして私は、昔も今も、こういう男たちを好きなのである。

阿佐田哲也の競馬小説

「阿佐田哲也の美点」と競馬

おやおや、意外に面白い。

『厩舎情報』の話である。実はこの作品、三十年以上前に一度読んだきりで再読していなかった。阿佐田哲也の他の作品は何度も読んでいるというのに、なぜこの『厩舎情報』は一度しか読まなかったのか。それは三十年以上前に読んだとき、この長編は阿佐田哲也の失敗作だと思ったからである。敬愛する作家の失敗作など何度も読みたくはない。一度読めば十分だ。というわけで、今回再読するまでずっと遠ざけてきた。

ではなぜ、三十年以上前にこの長編を失敗作だと決めつけたのか。

それは阿佐田哲也の美点が活かされていないからである。『麻雀放浪記』や『ドサ健ばくち地獄』に代表される阿佐田哲也作品の魅力は、人間の心理を読むことがいちばんスリリングで面白い、という発見がその作品に充満していたからだ。

これは何度でも繰り返す。アウトローたちの生態が興味深かったのではない。常識を逸脱した人間たちの生態はたしかに面白いかもしれないが、それだけのことならこれほど長い間、人々に読み継がれるわけもない。博打の勝ち負けが面白いのではないのだ。なぜ勝ったのか、なぜ負けたのか、という過程のなかにその人間の心理が凝縮されている。結果ではなく、過程なのだ。その魅力を教えてくれたのが阿佐田哲也であった。

第一期麻雀名人戦の決勝七回戦の様子を解説した『これがオレの麻雀』の中で、流局の回がいちばん面白いというのも、その道筋を示している。卓を囲む人たちがこのとき、こういうふうに考えていたからこの局は流れたのだ、という解説はとてもスリリングで面白かった。

問題は、競馬という種目がその心理戦の舞台に相応しくないことである。麻雀や手ホンビキには濃厚にある心理戦が、競馬にはないのだ。それは、馬という生き物が間に入るからだ。馬の心理をどう読めばいいというのか。これでは、阿佐田哲也の活躍のしようがない。たとえば、『麻雀狂時代』のなかに次のようなくだりがある。競馬に関するくだりが阿佐田作品に出てくることはすくないので、引いておきたい。

競輪や競馬でまいるのは、素人だ。

空野は生まれたときから博打をやっているのだ。専門家だから素人にはちょっと動かす度胸のつかないような大金を投じる。ああいうものは、大金が動かせればなおのこと、そうむずかしくはないのだ。

現に、空野を含めて、ああいう種族の男たちは、競輪や競馬を博打と認めていない。

これは登場人物の弁であるので、そのまま作者の考えとは言いがたいが、少しは作者の考えも滲み出ているような気がしないでもない。麻雀に手ホンビキ、ルーレットやバカラなどのカジノの種目など、あらゆるギャンブルの種目を描いているのに、競馬を正面から取り上げたのはこの『厩舎情報』だけなのだ。競輪は愛好者であることをエッセイその他で書いているから別なのだろうが、競馬は完全に博打外という目で見ていたのではないか。そんな気がする。そうでなければ、ギャンブル小説の第一人者である阿佐田哲也が描かないわけがない。それは逆に不自然だ。その「本来は阿佐田哲也には向かない」競馬を題材にしたのが間違いであった、というのが三十年前の結論であった。

で、今回この稿を書くために久々に再読したのだが、冒頭に書いたように、意外に面白いのである。もちろん、麻雀小説のように、あるいは手ホンビキ小説のように、心理を読んで戦うという作者お得意のシーンはない。だから『麻雀放浪記』や『ドサ健ばくち地獄』のようなヒリヒリした博打シーンを期待すると裏切られる。いわゆる「阿佐田哲也の美点」とも言うべきスリリングな推理合戦は出てこないのである。

阿佐田哲也らしいのは「サブの情報の正確さで当てたように客は思うが、実は、当たるのはその客がツイているからなのだ。ギャンブルとは本来そんなものので、そこを悟らぬものはこの坩堝《るつぼ》の餌食になるだけ」という箇所で、他の競馬小説と異なるのはこのあたりだろう。神崎雪子から無理やり買わされた日本短波賞の二―六が当たるくだりで、

あッ、と思った。あの女は自分じゃ買ってないんだ。俺をはずさせるつもりで呈示した目が、逆に飛びこんでくるなんて――。

（なんてツイてねえ女なんだろうな――）

とあるのも、阿佐田哲也らしい。しかし他の種目ならともかく、競馬にこの「ツキの理論」を持ち込むのはいささか強引だったような気がする。説得力を欠く、と言い換えてもいい。

本書には、「厩舎情報は果して存在するか」という、小説には珍しい「付録」が付いていて、そこにこうある。

本書におさめた小説は、厩舎情報というより、クーパツ屋の話である。クーパツとは、空発と書く。文字どおり、根も葉もないデマを材料に稼ぐ、つまりカンチャン待ち専門の男が主人公になっている。

クーパツ屋も、やはり客に一応の信用をつけておきたいのであるから、できるだけ真実に近いニュースを流したいのである。どうしてもそれができない場合、次善の手として嘘のニュースを流すのだ。

その虚実を見破るには、評論家の予想以上に大変な知能を要する。逆にいえば、そこにコクもあるわけである。

とにかく、そのへんの読みにツヨくなるためにも、厩舎を構成する人間たちをできるだけ知っておく必要はありそうだ。

と書いたあとに、当時（一九七〇年代初頭）の厩舎に関する知識（誰と誰が仲がいいとかだ）が紹介されている。小説というよりもまるで実用書であるかのようだ。

この小説に対する不満はもう一つ。クーパツ屋のサブを主人公にした長編だが、このサブの情報が結果的にはクーパツではないことだ。よく当たるのである。こんなに当たるなら情報屋は廃業して馬券師になったほうがいいと思うくらい、よく当ててしまう。だから、あちこちに贋の情報を流し、そのうちの当たった客だけに食いつくクーパツ屋本来の姿が極端に少ない。

と、不満をいろいろ書いたけれど、これが阿佐田哲也の作品でないと思って読めば、それなりに面白いのである。はっきり書けば、当時の競馬小説よりも遙かに面白い。

それにもう一つ。ハイセイコーが大井から中央に移籍して、日本中にハイセイコー・ブームが起こるのは一九七三年なので、そのブームを当て込んだ作品ではないことだ。この本の刊行はその前であることを書いておく。

阿佐田哲也の実録小説

『小説・麻雀新選組』について。これは、阿佐田哲也が初代組長になり、小島武夫、古川凱章と麻雀新選組を結成した顚末を描いた実録小説だが、著名人が次々に登場する。だから、豆知識があちこちにある。たとえば、藤原審爾と同郷の画家秋野卓美と親しくなって、秋野邸に赴くくだりにこうある。

私ははじめて秋野家を訪れた。梅崎春生氏が直木賞を受賞した作品『ボロ家の春秋』のボロ家とは秋野さんが住んでいる家をモデルにしたものと聞き知っていたので、いかなるボロ家かと期待して訪ねたのだが、古くはあったがアトリエつきの堂々たる住居であった。

こういう小ネタが次々に出てくるから楽しい。通して読むと、小島武夫という麻雀タレントにしてばくち打ちの魅力にやられてしまう。女にだらしがなくて、金には無頓着で、野放図な魅力が満載のこの九州男と出会わなければ、阿佐田哲也も麻雀新選組というお遊びを始めなかったのではないか。

先に引用した『麻雀狂時代』も実録小説だ。こちらにも藤原審爾を始めとして多くの作家が実名で登場するが、途中で韓国のカジノに行ったりと麻雀にはこだわらず、ギャンブルの日々を自由に描いていて、楽しい。ラストは空野が競輪のノミ屋を始めることになり、迫力満点な展開になっていくが、構成的には感心しないものの（このくだりが全体のトーンから浮いている感は免れない）、白眉はここだろう。こういう楽しい実録をもっと読みたかったという思いが強い。

ギャンブルの日々と阿佐田哲也——「あとがき」にかえて

麻雀との出会いについては本文に書いた。ここでは他の種目との出会いについて書いておきたい。まず、競馬だ。これまで何度も書いてきたことだが、これが最後と思われるので書いておく。

若いころに私が勤めていた雑誌社はいいかげんな会社で、麻雀の面子が揃うと昼から雀荘にいくのが常だった。

いつだったか、そうやって平日の昼から打ち始めた日、夕方覗きにきた同僚が「今日は徹マンになるな」と言ったが、その言葉通り、終電の時間が来ても誰も何も口にせず、当然のように私たちは翌朝まで打ち続けた。その朝、また雀荘に寄った同僚は「やっぱり徹マンだ」と言ってから出勤していったが、夕方また雀荘に寄って「まだやってるの」と驚いたことを思い出す。四人揃って二日間会社に行かなかったわけである。

そういう麻雀漬けの日々を送っていたころ、会社近くの喫茶店で同僚たちが競馬の話をしたことがある。

昼から雀荘にいくのに、午前中も喫茶店にたむろしているのだから、ひどいものだ。競馬の話などを聞いても何もわからない。3と6という数字が頭に浮かんだので、その日のメインレースで、③⑥を買ってくれと千円を渡した。ということは土曜日だ。当時は土曜も出社だった。

で、雀荘で卓を囲んでいたら、馬券を頼んだ同僚が夕方やってきて、「ほら、お前の馬券だよ」と脇のテーブルに叩きつけるように置いた。私の③⑥が当たったのである。幾らになるのかを尋ねると、二千六百円だという。なんだ、千円が二千六百円になるだけかと思ったら、百円に対して二千六百円になるので、千円馬券なら二万六千円だという。えっ、と思った。当時の給料がたしか五万円くらいのときである。なんと給料の半分を儲けたことになる。

その翌週の日曜日、新宿の雀荘で大学時代の先輩たちと卓を囲んだとき、喫茶店を出たところで、先に場外で馬券を買っていくという先輩にまた③⑥馬券を頼んだ。

で、メインレースのときに麻雀を中断してテレビの競馬中継を見た。初心者なので実況を見ても、何がなんだかわからない。レースが終わると「お前の馬券が当たったな」と先輩が言った。幾ら？ と尋ねると今度は九倍くらいだった。なんだ、その程度なのかとがっかりしたのを覚えている。

それがハイセイコーとタケホープが死闘を演じた一九七三年の菊花賞である。三千mを走って、1〜2着の差がハナというのだからドラマチックだった。

さらにその年の暮れの有馬記念も、万馬券ばかりを5点買ったら今度は百二十倍くらいの馬券が当たった。そのときは二百円買っていたので配当総額は二万五千円近い。

ここまでビギナーズラックが続くと、競馬に夢中になるのも当然で、年が明けると、平日は麻雀、週末は競馬という日々が始まった。

楽しかったなあ、あのころ。競馬を始めたばかりだから知らないことがたくさんあり、それを一つずつ知っていくのが楽しかった。私が二十七歳のときである。

そのころ、チンチロリンを始めたことも書いておきたい。最初は社内でサイコロを振っていたが、夕方六時前は厳禁、という社長通達がきてからは、近くの雀荘に行った。「牌はいいからサイコロだけ貸して」というリクエストにもイヤな顔をしなかったのは、私たちが毎日のように利用する常連だったからだろう。その会社については、ずっと後年、「実話雑誌の青春」と題して書いたことがある（『だからどうしたというわけではないが』本の雑誌社／二〇〇二年刊に収録）。

その会社の先輩が数人、それから数年後に別の会社に移ったあと、友人と立ち上げた会社が軌道に乗るまで、私もその新しい会社で仕事を貰っていたことがある。

こうなるとその新たな会社でもチンチロリンが流行るのは当然で、ほとんど毎晩サイコロを振った。徹夜でサイコロを振った翌昼、荻窪駅前の町中華でシューマイを食べていたとき、はっと目ざめるとシュウマイが3個皿に載っていた。シュウマイの上にグリーンピースが載っているので、サイコロの1の目に見えた。それが三つということは誰かがピンゾロを出したんだ、それは大変だ、と思いながら、そのサイコロをつまもうと伸ばした手のアップをまだ覚えている。このころのことを書いたのが、『戒厳令下のチンチロリン』（藤代三郎名義／情報センター出版局／角川文庫）で、シュウマイに思わず手を伸ばしてしまったこともそこに書いた。

チンチロリンについて先に書いておくと、友人と立ち上げた会社がそろそろ軌道に乗ってきたころ、その新宿のオフィスで毎晩学生バイトを集めてサイコロを振っていたことがある。

チンチロリンというのは、サイコロをどんぶりに落とすだけだから、麻雀や競馬と違って知識や習熟を必要としない。本当は違うのだが、そう思えるところがミソ。だからギャンブルの素人でも入りやすい。

手ホンビキが流行ったのもそのころで、これは夢中になった。こちらも六つの数字から親が選ぶ一つを当てるものだから、簡単そうに見えるけれど、シンプルな種目ほど奥が深い、というのが博打の真実だ。本書でも書いたけれど、そのころ「別冊宝島」で手ホンビキの賭け方が八種類紹介されたのでそれをコピーして傍らに置き、遊んだことを思い出す。プロが仕切る場所に出入りするのは大変危険な種目だが、仲間同士で遊ぶときには最高に面白い種目といっていい。

友人が立ち上げた会社では、しょっちゅう若い社員とバイト学生が泊り込んでいたのだが、ポーカー、チンチロリン、手ホンビキとさまざまな種目で遊んだものである。

台風が東京を直撃するというので、その日の仕事を昼で終わりにしたことがある。すぐに帰宅すればいいのに、こういう日はチンチロリンだな、と学生を集めて台風が過ぎ去る翌朝までサイコロを振った日も懐かしい。

サイコロを振っていたころは競馬を休んでいた。狙っていた穴馬が人気馬と同居したりして、枠連競馬が面白くなくなり、約十年、私は競馬を休んだ。その間は麻雀とサイコロの日々である。麻雀は月に一回、二十四時間麻雀を実施していた。飲み屋の主人、ボーリング場の支配人、編集者に大学時代の先輩など、幹事の私が面子を集めるのである。

全員集めて数卓を囲むわけではない。囲むのは一卓だけ。二十四時間、私はずっと座り続けたいから残りの三人を数時間刻みで集めるのだ。その時間表を作るのが楽しかった。

ＪＲＡが馬連を導入したのは一九九一年で、さっそく久々に競馬場に駆けつけた。いやあ、馬連は面白かった。そこからは毎週、馬券を買うようになり、一九九三年の秋、競馬週刊誌「ギャロップ」が創刊されるとそこに毎号エッセイを寄せた。このエッセイはまだ続いているから、そろそろ三十年になる。

いまでも覚えている。四半世紀前のことだが、万馬券を当てた。具体的な金額を書くと下品になるからここには書かないが、購入した額が額なので、そうとうな配当金になった。そのとき、でかい配当を手にする喜びよりも先に、「あ、来週は健康診断だ」と思ったことを覚えている。そこまでの十数年に私は、その配当金の百倍くらいの金額を負けているから、どうってことはないのだが、ツキの総量は決まっている、という阿佐田哲也の思想が体にしみ込んでいるのだ。だから、そういう反応になる。

いまでもそうなのだが、ほんの少しだけいいことがあると、こんなところでツキを使っていいのか、と思うことがある。それも阿佐田哲也の影響といっていい。死ぬ直前に、ギャンブルがツキまくるという例が、阿佐田哲也の小説では珍しくないのだ。これも総量が決まっているツキの残り分がどっと押し寄せてくるからだ——と、阿佐田哲也の信者である私は考えている。

ギャンブルに関することだけではない。何気なく入った喫茶店で、サービスのくじを引いてくださいと言われて、大皿が当たったことがあるが、こんなところでツキを使ってどうするのかと心配になるのも、ツキの総量は決まっている、という阿佐田哲也の思想を信じているからだ。阿佐田哲也を愛読してきたことの影響は、生活のあらゆる面に残っている、ということだろう。

競輪に競艇、オートレースについても書くつもりでいたが、予定の枚数を越えているので、もう控えよう。一九九五年から一九九六年にかけて、旧「野性時代」（いまの「野性時代」ではない）に「日本ギャンブル場駆け歩き」という連載をしていたことがあり（晶文社『二人が三人』二〇〇〇年刊に収録）、そこで競輪に競艇、そしてオートレースについて書いているが、ようするに私、この三種については素人である。金が捨てるほどあれば、この三種目で遊びたい気持ちが今でもあるが、そんな余裕はないからもう無理。

というわけで、本書の成り立ちについて書いておく。本来なら最初に書かなければいけないのに、あとになってすみません。

本書は、『色川武大　阿佐田哲也全集』全十六巻（福武書店一九九一年〜一九九三年）と、『色川武大・阿佐田哲也電子全集』全二十三巻（小学館二〇一九年〜二〇二一年）の、それぞれ阿佐田哲也の巻に寄せた私の解説をまとめたものである。

その間に三十年の空白があるので、久方ぶりに読み返してみると、以前とは違った印象を受けたという例は、本文中に幾つか具体的に書いた。三十年もたつと、昔は面白かったのに今は色あせて見える、という話ではない。阿佐田哲也の場合、そういうマイナスのケースが一つもないのは素晴らしい。エンターテインメントは時代に寄り添うものであるから、発表当時は新鮮であっても歳月の積み重ねで色あせてくる、という例は少なくないのだが、そういうエンターテインメントの宿命から、阿佐田哲也は解き放たれている。

違って見えた、というのはその逆のケースである。その筆頭は、『厩舎情報』に対する評価だ。三十年前は失敗作と断じたが、久々に読むとそこまで言うこともあるまい、という気がするのである。大傑作、とまで言うつもりはないけれど、これはこれで十分に面白いというのがいまの評価だ。

この二つの全集になぜ私が解説を寄せているのか、という話を最後に書いておきたい。

話は三十年前に遡る。一九九〇年に『ヤバ市ヤバ町雀鬼伝2』が講談社文庫に入ったとき、解説の依頼を受けたのだが、その締切りに驚いた。ほとんど日がないのだ。思わず、電話口で、えっ、と驚いてしまった。不満があったわけではない。阿佐田哲也について、まとまったものを書いたことがなかったので、一度は書いてみたかった。だから、依頼が来たことは嬉しい。えっ、という反応は不満ではなく、純粋な驚きにすぎない。私が最初に文庫解説を書いたのは一九七八年のことであるから、そこまで十三年たっている。だから業界の事情も少しは知っている。通常よりも極端に締切りまでの日がない、ということに驚いたのである。

するとこちらの反応に対して、これは少し説明が必要と考えたのかどうか、予定していた評者が直前になって「何度も書いてきたので、書くことがもう何もない」と言ってきたというのだ。不満があったわけではないから、私はすぐに了承して解説を書いたわけだが、その解説を読んで、『色川武大　阿佐田哲也全集』全十六巻の刊行準備をしていた大槻慎二氏が、私に解題を依頼してきた――ということを後年聞いた。

つまり、『ヤバ市ヤバ町雀鬼伝2』講談社文庫の解説を私が書かなければ、大槻慎二氏の目に止まらなかったことになる。今回の『色川武大・阿佐田哲也電子全集』の編集を担当したのも大槻慎二氏で、また私に声をかけてくれたのだが、それにとどまらず、二つの全集の解説をまとめませんか、という提示をしていただいた。福武書店時代に「海燕」で文芸時評を書いたときの担当も大槻慎二氏だったが、不思議な縁を感じて仕方がない。

二つの全集の間には三十年の歳月があるとはいえ、同じ作品を論じるわけだから、読み返すと内容的にだぶっている箇所があり、今回はそのだぶりをなくすために文章を一部直したり、組み換えたりしたが、すべての責任は私にある。
　最後になるが、三十年前に講談社文庫『ヤバ市ヤバ町雀鬼伝2』の解説を直前になって断った方にお礼を言いたいと思う。あなたのおかげで、その解説が私にまわり、それを大槻慎二氏が読んで、めぐりめぐっていまこの本となっている。皮肉に聞こえたら大変申し訳ないが、すべての始まりは、いまでも名前を知らない三十年前のあなたのおかげである。深く感謝する次第である。

二〇二一年一月

北上次郎

【巻末資料】

阿佐田哲也作品（単行本のみ）

『麻雀の推理』双葉社（一九六九・二）
『麻雀放浪記　青春編』双葉社（六九・九）
『牌の魔術師』報知新聞社（六九・十二）
　所収＝「天和の職人」「捕鯨船の男」「ブー大九郎」「黒人兵キャブ」「赤毛のスーちゃん」「イッセイがんばれ」「まんしゅうチビ」「留置場麻雀」「ベタ六の死」「山谷雀ゴロ伝」「ブー大九郎の復讐」「左打ちの雀鬼」「イーペイコウの女」「ごきぶりタミイ」「〃切返し〃の寒三郎」
『麻雀放浪記　風雲編』双葉社（七〇・九）
『天和無宿』報知新聞社（七〇・十二）
　所収＝「天和くずれ」「末は単騎の泣き別れ」「天国と地獄」「雀ごろブルース」「麻雀科専攻」「雀魔団始末書」「大物狙い」「雀ごろ戦争」「野やくざ帝国」「居眠り雀鬼」「海道筋のタッグチーム」
『雀鬼五十番勝負』双葉社（七一・四）
『絵本・マージャンＡＢＣ』実業之日本社（七一・六）
『麻雀放浪記　激闘編』双葉社（七一・九）
『麻雀師渡世』日本文芸社（七一・九）
『阿佐田哲也のマージャン秘密教室』青春出版社（七一・十）
『小説　厩舎情報』日本文芸社（七二・七）
『麻雀放浪記　番外編』双葉社（七二・九）
『麻雀中級入門』（共著・古川凱章）山海堂（七二・九）
『ああ勝負師』日本文芸社（七三・一）
『ギャンブル党狼派』双葉社（七三・十）
　所収＝「スイギン松ちゃん」「耳の家みみ子」「シュウシャインの周坊」「ズボンで着

陸」「人間競馬」
『小説・麻雀新選組』双葉社（七四・二）
『阿佐田哲也麻雀小説自選集』双葉社（七五・三）
所収＝「麻雀放浪記（青春編）」「天和の職人」「捕鯨船の男」「ブー大九郎」「黒人兵キャブ」「赤毛のスーちゃん」「イッセイがんばれ」「まんしゅうチビ」「留置場麻雀」「ベタ六の死」「左打ちの雀鬼」「末は単騎の泣き別れ」「居眠り雀鬼」「海道筋のタッグチーム」「茶木先生、雀荘に死す」「シュウシャインの周坊」「雀ごろブルース」
『清水港のギャンブラー』双葉社（七五・五）
『首領のマージャン』（共著・畑正憲）竹書房（七七・六）
『麻雀狂時代』双葉社（七八・六）
『東一局五十二本場』河出書房新社（七八・九）
所収＝「東一局五十二本場」「麻雀必敗法」「便天小僧八之助」「雀ごろ心中」「快晴の男」「なつかしのギャンブラー」「死体が三つ靴一つ」「茶木先生、雀荘に死す」
『ギャンブル人生論』けいせい出版（八〇・十二）
『新麻雀放浪記』文芸春秋（八一・四）
『ぎゃんぶる百華』角川書店（八一・十二）
『ばいにんぶるーす』講談社（八二・五）
『これがオレの麻雀』双葉社（八三・一）
『無芸大食大睡眠』双葉社（八三・十）
『ドサ健ばくち地獄』角川書店（八四・一）
『ばくち打ちの子守唄』双葉社（八四・五）
『黄金の腕』角川書店（八四・九）
所収＝「黄金の腕」「未完成大三元」「北国麻雀急行」「国士無双のあがりかた」「大三元の家」「人生は五十五から」「前科十六犯「夢ぼん」「あとがき」
『先天性極楽伝』講談社（八五・五）
『ヤバ市ヤバ町雀鬼伝』講談社（八六・十）
『ヤバ市ヤバ町雀鬼伝2』講談社（八七・十）

『阿佐田哲也の怪しい交遊録』実業之日本社（八八・五）
『阿佐田哲也の競輪教科書』徳間書店（八九・四）
『外伝・麻雀放浪記』双葉社（八九・七）
所収＝「麻雀科専攻」「ドサ健の麻雀・わが斗争」「不死身のリサ」「放銃しない女」「天国のブルーデイ」「バカツキぶるーす」「二四六麻雀」「ラスヴェガス朝景」「ひとり博打」
『三博四食五眠』幻戯書房（二〇一七・八）

【福武書店版全集　阿佐田哲也巻構成】

⑦『麻雀放浪記』（青春篇・風雲篇）
⑧『麻雀放浪記』（激闘篇・番外篇）
⑨『次郎長放浪記』『先天性極楽伝』
⑩『ドサ健ばくち地獄』単行本未収録短編小説（「パイパンルール」「ちびっこバイニン譜」「地獄の一丁目」「新春麻雀会」「ホームスィートホーマー」「008は彼氏の番号」）
⑪阿佐田哲也 短編小説選（「天和の職人」「捕鯨船の男」「ブー大九郎」「黒人兵キャブ」「赤毛のスーちゃん」「イッセイがんばれ」「まんしゅうチビ」「留置場麻雀」「ベタ六の死」「山谷雀ゴロ伝」「左打ちの雀鬼」「〝切返し〟の寒三郎」「末は単騎の泣き別れ」「居眠り雀鬼」「海道筋のタッグチーム」「雀ゴロブルース」「南の三局一本場」「茶木先生、雀荘に死す」「スイギン松ちゃん」「耳の家みみ子」「シュウシャインの周坊」「競輪円舞曲」「ラスヴェガス朝景」「なつかしのギャンブラー」「快晴の男」「北国麻雀旅行」「国士無双のあがりかた」）

【小学館電子全集　阿佐田哲也巻構成】

②《麻雀放浪記　完全版》『麻雀放浪記』（青春篇・風雲篇・激闘篇・番外篇）
⑤《10年後のドサ健と坊や哲》『ドサ健ばくち地獄』『新麻雀放浪記』
⑧《博打打ち不在の賭博小説》『先天性極楽伝』『ヤバ市ヤバ町雀鬼伝』
⑪《実験的ギャンブル小説》『次郎長放浪記』ほか
⑭《阿佐田哲也　前期麻雀小説》『牌の魔術師』（「天和の職人」「捕鯨船の男」「ブー大九郎」「黒人兵キャブ」「赤毛のスーちゃん」「イッセイがんばれ」「まんしゅうチビ」「留置場麻雀」「ベタ六の死」「山谷雀ゴロ伝」「ブー大九郎の復讐」「左打ちの雀鬼」「イーペイコウの女」「ごきぶりタミイ」「〝切返し〟の寒三郎」「南の三局一本場」）『天和無宿』（「天和くずれ」「末は単騎の泣き別れ」「天国と地獄」「雀ごろブルース」「麻雀科専攻」「雀魔団始末書」「大物狙い」「雀ごろ戦争」「野やくざ集団」「居眠り雀鬼」「海道筋のタッグチーム」）『ギャンブル党狼派』（「スイギン松ちゃん」「耳の家みみ子」「シュウシャインの周坊」「ズボンで着陸」「人間競馬」）
⑮《阿佐田哲也の麻雀教室》『麻雀の推理』『雀師流転』『麻雀師渡世』『阿佐田哲也のマージャン秘密教室』
⑰《阿佐田哲也のギャンブルエッセイ》『ぎゃんぶる人生論』『ぎゃんぶる百華』『これがオレの麻雀』『ギャンブルの帝王、それが競輪』『競輪放浪記』
⑱《阿佐田哲也　異色小説群》『小説・麻雀新撰組』『麻雀狂時代』『厩舎情報』

⑳《阿佐田哲也　後期麻雀小説》『東一局五十二本場　』（「東一局五十二本場」「麻雀必敗法」「便天小僧八之助」「雀ごろ心中」「快晴の男」「なつかしのギャンブラー」「死体が三つ靴一つ」「茶木先生、雀荘に死す」）『黄金の腕』（「黄金の腕」「未完成大三元」「北国麻雀急行」「国士無双のあがりかた」「大三元の家」「人生は五十五から」「前科十六犯」〔色川武大〕「夢ぼん」〔色川武大〕）『外伝・麻雀放浪記』（「麻雀科専攻」「ドサ健の麻雀・わが斗争」「不死身のリサ」「放銃しない女」「天国のブルーデイ」「バカツキぶるーす」「二四六麻雀」「ラスヴェガス朝景」「ひとり博打」〔色川武大〕）

㉑《阿佐田哲也　単行本未収録作品》「雀鬼五十番勝負」「ああ勝負師」「天和をつくれ」「パイパンルール」「ちびっこバイニン譜」「競輪円舞曲」「地獄の一丁目」「新春麻雀会」「ホームスイートホーマー」「008は彼氏の

番号」／「週刊ポスト」有名人勝ち抜き麻雀大会　一九七五年全四十九回分

【小学館電子全集　色川武大巻構成】

①《色川武大の神髄》『狂人日記』『怪しい来客簿』
③《色川流人生論の極意》『うらおもて人生録』『私の旧約聖書』ほか
④《色川文学のエッセンス》『百』『遠景　雀復活』ほか
⑥《わが心の故郷——寄席・映画・音楽》『なつかしい芸人たち』『唄えば天国ジャズソング』ほか
⑦《色川武大の原点》『黒い布』から『生家へ』まで
⑨《色川武大の交友録》『街は気まぐれヘソまがり』『無芸無職大睡眠』ほか
⑩《色川流〃愛憎劇〃》『離婚』『恐婚』ほか
⑫《色川流〃美食学〃》『三博四食五眠』ほか
⑬《色川武大　異色小説群》『小説阿佐田哲也』ほか
⑯《「井上志摩夫」作品群》『人斬り』『切腹』ほか
⑲《色川武大　後期小説集》『引越貧乏』『明日泣く』ほか
㉓《色川武大・阿佐田哲也の対談・座談》

北上次郎（きたかみ　じろう）
1946年、東京生まれ。明治大学文学部卒業。エッセイスト、文芸評論家、編集者。本名：目黒考二（めぐろ　こうじ）。ジャンルごとに異なるペンネームを使用。私小説の目黒考二、ミステリー評論家の北上次郎、競馬評論家の藤代三郎（ふじしろ　さぶろう）など。2000年まで「本の雑誌」の発行人を務める。2011年「椎名誠　旅する文学館」の名誉館長に就任。主な著書に『書評稼業四十年』『冒険小説論』『息子たちよ』『余計者の系譜』『エンターテインメント作家ファイル108国内編』『感情の法則』『記憶の放物線』などがある。

田畑書店

阿佐田哲也《あさだてつや》はこう読《よ》め！

2021年3月20日　第1刷印刷
2021年3月28日　第1刷発行

著者　北上次郎

発行人　大槻慎二
発行所　株式会社 田畑書店
〒102-0074　東京都千代田区九段南3-2-2　森ビル5階
tel03-6272-5718　fax03-3261-2263

本文組版　田畑書店デザイン室
印刷・製本　モリモト印刷株式会社

ISBN978-4-8038-0382-2 C0095
定価はカバーに印刷してあります。
落丁・乱丁本はお取り替えいたします。